盲目の織姫は後宮で皇帝との恋を紡ぐ③

小早川真寛

JN019143

双葉文庫

目次

階級一覧

正一品	皇后・薇瑜《ビユ》
従一品	貴妃（空位）、徳妃、淑妃（空位）、賢妃
正二品	トクトア 他四名
従二品	五名
正三品	五名
従三品	五名
正四品	五名
従四品	五名
正五品	尚宮局長、尚儀局長、尚服局長、尚食局長、尚功局長
従五品	尚儀局宮女・蓮香《レンカ》
正六品	尚儀局宮女・林杏《リンシン》、依依《イーイー》　など
従六品	

耀《ヨウ》世《セイ》
毒殺され、宦官として葬られたのだが、実は生きており、身を隠して遊牧民族の動向を探っている。
瑛《エイ》庚《コウ》
双子の耀世と二人で、一人の皇帝を演じていたが、今は一人で皇帝を務めている。
汜《ハン》蓮《レン》香《カ》
盲目の機織り宮女。鋭い感覚と頭脳で、後宮内外で起きる事件を解決してしまう。皇帝に見初められ、皇后教育を受けている。

序章　夏の夜の夢ばかりなる願い

竹籠《たけかご》に紙を貼《は》り中に灯りを入れた天灯《てんとう》の端を掴《つか》みながら私は、静かに祈りを捧げていた。天灯は天に住む天帝《てんてい》に声を届けてくれるといわれており、后妃となってから一《ひと》月《つき》経つまでの間に空へと飛ばすのが後宮での慣習となっている。

こんな竹籠が私の声を天帝へと届けてくれるのかは疑問だったが、この儀式をしないという選択肢を後宮の人間が許してくれるはずはなく、私は渋々と天灯の裏側に願い事を書かされることになった。

「蓮香《レンカ》は何を願うのだ？」

私の隣に立った皇帝は楽しそうに天灯の端を持つ。空へ飛ばすためには籠の中の空気が灯りの熱で温かくなるまで待たなければならない。それを手伝ってくれているのだろう。

「聞いたら、きっと怒られますよ」

私は天灯から片手を離して口元を隠しながら優雅に微笑《ほほえ》んで見せる。この数か月、皇后になるための数々の式典をこなす中で確実に私の中の『皇后』という存在が大きくなるのを感じていた。

「詰まらぬことでは怒らぬ」

少しムッとした様子の彼に私は小さく笑う。

「皆様は『陛下からの寵愛《ちようあい》を賜《たまわ》れるように』と書かれると聞きました」

後宮に来る后妃の最大の目的は、皇帝からの寵愛を受け後継者を残すこととなる。そんな后妃達が「陛下からの寵愛」を願うのは自然なことだ。

「よい帯が織れるようにとでも願ったのか？」

少し拗《す》ねた口調でそう言った彼は、そろそろか、と天灯を持ち上げた。自然と私も腕を伸ばすことになる。どうやら無理に私の願いを聞き出すつもりはないようだ。

「いくぞ」

その声を合図に天灯を掴んでいた指の力を抜くと、ふわりと私の手から天灯が離れる感触に小さく驚かされた。静かに空へと浮かび上がった天灯の姿を私は見ることはできなかったが、夜空に吸い込まれていく様子を想像するだけで胸が高鳴った。ついさっきまでとは異なり、あの竹籠が本当に天帝の元へ私の願いを届けてくれるかもしれない——と思えてくるから不思議だ。

「想いが届きますように、と願いました」

私は夜空に顔を向けながら、本当は伝えるつもりがなかった『願い事』を彼に伝えた。

「そなたの想いがか？」

既に届いている、と言わんばかりの彼の声に私は小さく首を横に振る。私が皇后になると決めた瞬間に、私は小さな決意をしていた。それは皇后としての帯を巻いた今もまだ果たせていない気がするのだ。

第一章　謎解きは華さそう後宮で

「蓮香、頼むから口をきいてくれ」

部屋に響きわたる悲痛な叫びを無視しながら、私は機織《はたお》りを進める。

「これ五番の糸じゃないわよ」

機織りのために用意された糸の感触に私は小さくため息をつく。

機織り機には数十種類の糸が垂れ下がっている。模様に合わせて、この糸を経糸《たていと》に通し、模様を織り上げるのだ。

その前段階として、経糸と横糸を機織り機に設置する作業が存在する。目が見えない私でも、手の感触、糸に触れた時の音で糸の種類を判別することができるので、糸を設置することも可能だ。

だが半年前から機織り宮女の仕事に加え、皇后教育の時間が加わった。短時間で機織りをしなければならなくなり、準備などの作業は尚衣《しょうい》局の宮女が行うようになっていた。

皇帝をはじめ後宮に住まう后妃の着物を織る尚衣局の人間は、普段こんな初歩的な失敗は犯さない。だが彼女は昨日配属されたばかりの新人なのだ。

そのため糸の設置を間違えるだけでなく、こうして私が糸を替えるように頼んでも瑛庚《エイコウ》様が部屋にいるせいで床に跪礼《きれい》して動こうとしない。

確かに皇帝である瑛庚《エイコウ》様に対しては正しい反応だろう。私達宮女は皇帝と許しなく言葉を交わすことも……ましてや、皇帝の言葉を無視することなど許されない。

だが私は、彼の言葉を聞く気にはなれなかった。

「すぐお取り替えしますね」

そう言って私の手から横糸の付いた杼《ひ》を受け取ってくれたのは依依《イーイー》だ。

尚衣局の宮女ではなく私専属の宮女である彼女には、皇帝が宮女である私に泣きつくこの光景は特段珍しいものではなくなっている。

後宮に来て約一年。決して長くはないが、勘がいい彼女は既に基本的な機織りの知識は身につけており、こうして機織りの手伝いもしてくれる。

「そうだ。今日は宮餅《きゆうぺい》を持たせたぞ」

瑛庚《エイコウ》様の言葉に自分の喉《のど》が静かに鳴るのを感じた。宮餅は餡《あん》を小麦粉の皮で包み焼いた菓子で、中秋《ちゆうしゆう》の時期にしか食べない特別な菓子だ。春先のこの時期には、滅多に口にはできない。

私の何よりの好物である。

彼は、それを理解しているのだろう。だから半月近く言葉を交わそうとしない私に宮餅を持ってきたに違いない。

「流石《さすが》ですね！　後宮の皇帝なだけありますよ」

カチャカチャと音を立てながら茶器を持ってきた林杏《リンシン》は感心したように呟《つぶや》き、すぐさま依依《イーイー》に「林杏《リンシン》っ」とその失言をたしなめられる。

兄である耀世《ヨウセイ》様と二人で一人の皇帝として過ごしていた瑛庚《エイコウ》様は、主に後宮で皇帝としての務めを果たしていた。だが耀世《ヨウセイ》様が毒殺され後宮を去ったため、前代未聞の『二人の皇帝が存在した』という事実は存在しなかった、というのが後宮内での暗黙の了解となった。

二人で一人の皇帝がいたという事実を知る人間は後宮内では少なくないが、二人の皇帝がいたことや瑛庚《エイコウ》様が『後宮の皇帝』であった事実を口にすることは憚《はばか》られている。

だが林杏《リンシン》は、後宮内の暗黙の了解を気にするような子ではない。何が悪いのだと言った様子で大きくため息をつく。

「だって本当のことじゃないですか。後宮の后妃様達の心を掴んで離さない瑛庚《エイコウ》様は、やはり女心が分かってらっしゃる。だからこそ蓮香様の心を一番動かす宮餅をこの段になって用意されたんですよね」

『この段』と言われて私は、あぁ、と小さくため息をつく。

来月には新しい后妃が後宮にやってくるのだ。正二品《せいにひん》以上の位に后妃が即位する時は、普通の帯ではなく私が織った特別な帯が贈られる。だから私の仕事もにわかに忙しくなっていたのだ。

「いや、それとこれは関係ない。ただ蓮香に食べて欲しくて」

「関係ないんですか？」

畳みかけるように尋ねた林杏《リンシン》の言葉を私も依依《イーイー》も敢《あ》えて止めなかった。新しくやってくる后妃を正二品の位に即位させることを聞かされていなかったため――単に瑛庚《エイコウ》様の話を聞こうとしなかっただけなのだが――その内情が気になっていたのは確かだ。

「でも空位になったからじゃなくて、今いる正二品の后妃を従二品に降格させて、その方をわざわざ正二品の后妃として迎えるんですよね？」

后妃の身分は皇后の正一品を筆頭に従一品、正二品、従二品と細かく位分けされている。

特に瑛庚《エイコウ》様は従二品以降の后妃の元へ渡らないため、従二品への降格は後宮での失脚を意味していた。降格が決定した后妃は半狂乱になり、自害を図ったという噂《うわさ》も聞こえて来た。

と言っても瑛庚《エイコウ》様は私と再会してからの一年半、その正二品以上の后妃の元へもほとんど渡られてない。そのため后妃の妻としての役割は形骸《けいがい》化していたのが現実だ。

「そうだ！　そうなんだ。それについても説明させてくれ」

偶然を装いそう言った瑛庚《エイコウ》様に、やたらに説明口調な林杏《リンシン》の魂胆がようやく見えてきた。

「別に俺が招いたわけじゃないんだ。今度の后妃は遊牧民の少数部族の娘なんだ。おっちゃんから『後ろ盾になってやってくれ』って頼まれたんだ」

瑛庚《エイコウ》様の言う『おっちゃん』とは、母方の叔父《おじ》である浩宇《ハオウー》さんのことだ。多数ある遊牧民族の中でも一大勢力を誇るタタール族の族長でもある。そんな彼ならば、他部族から「後ろ盾を探して欲しい」と頼まれることも十分あり得るだろう。

「後宮に娘を入れれば、他部族から襲われなくて済みますもん……ね……」

何か考え始めたのか、林杏《リンシン》の語尾には徐々に力がなくなる。

「そうなんですか？」

林杏《リンシン》は囁《ささや》くように瑛庚《エイコウ》様に耳打ちするが、私の耳にもその声は届いていた。目は見えないが、遠くの囁き声まで私は聞くことができる。時にはその人の心音、汗の香りで嘘《うそ》を見抜くこともある。

特に今の林杏《リンシン》のように、嘘をついている人の声色は分かりやすい。

「娘を後宮に入れることで、その部族は形式的ではあるけど皇帝と縁戚《えんせき》になれるからね。皇帝の縁戚である部族を襲撃したら、皇帝に反旗を翻した……と思われかねない。だから『後ろ盾』になるのよ」

そして『後ろ盾』であることを周知するためには、単に後宮に后妃として入宮させるだけでなく正二品という地位も必要なのだろう。

私は機織り機の横に置かれた茶器に手を伸ばしながら、林杏《リンシン》に説明する。おそらく瑛庚《エイコウ》様から言うように指示された台詞《せりふ》をそのまま口にしているため、その言葉の意味を理解していないのだろう。

説明されたのかもしれないが、林杏《リンシン》のことだ。理解していない可能性も少なからずありそうだ……。

「やっぱり蓮香だ！　ちゃんと分かってくれていたんだな！」

大げさに感動して見せる瑛庚《エイコウ》様に私は大きくため息をつく。

「林杏《リンシン》、宮餅用意してあるんでしょ？」

宮餅がきっかけでは決してない。ただ、そろそろ瑛庚《エイコウ》様と口をきかないと、思っていた頃合いだったのだ。

「蓮香……許してくれるんだな」

部屋の入り口に置いた長椅子《ながいす》に座っていた瑛庚《エイコウ》様は、フラフラと機織り機へと近づいてくる。

「許すわけではございません」

私はパッと手を突き出し、瑛庚《エイコウ》様にこれ以上近づくなと合図する。

「蓮香……」

情けない声を出しながら、瑛庚《エイコウ》様は機織り機の横に置かれた長椅子にヘトヘトと座った。

「耀世《ヨウセイ》様の件を私が許すとでも？」

彼の名前を口にするだけで、ジンワリと目頭が熱くなる。

「だから、あれは――」

私はわざとガチャリと大きな音を立てて茶器を机に戻す。

「少し休憩にするわ。外してちょうだい」

林杏《リンシン》、依依《イーイー》以外の宮女には部屋を出て行くように手で合図を送る。これ以上の話は、口の軽い新人宮女達には聞かせられないからだ。宮女らが部屋から完全に出て行った音を聞き、私は大きく息を吸う。

「なんで私に『本当は生きている』と教えて下さらなかったんですか！」

毒を飲んだ耀世《ヨウセイ》様は私の目の前で倒れ、数日後には彼の死が伝えられた。

あの日のことを思い出すと今でも緊張と不快感から、じんわりと嫌な汗がにじみ出る。

耀世《ヨウセイ》様が亡くなったと知った時、これまで立っていた床が突然なくなり、宙に放り出されるような感覚。そんな喪失感が私を襲った。

「ほら、それは蓮香に耀世《ヨウセイ》に対する気持ちを気づかせるためで――」

瑛庚《エイコウ》様が言うように耀世《ヨウセイ》様が亡くなられた事実を知り、初めて彼に対する自分の想いを知ることとなった。

彼は大切な幼馴染《おさななじみ》ではなく、愛しい人なのだと。

確かに瑛庚《エイコウ》様の計略がなければ自分の気持ちに気付くこともできなかった。だからこそ、瑛庚《エイコウ》様にハッキリと抗議できない自分もいた。今感じている怒りは、おそらくそんな自分に対するものだろう。

「ですが、薇喩《ビユ》様はご存知だったではございませんか⁉」

耀世《ヨウセイ》様が亡くなったと思い込み、泣き暮らしていた私を毎日見舞ってくれたのは瑛《エイ》庚《コウ》様だけではなかった。

菓子や茶、花などと共に、薇喩《ビユ》様は私の宮を三日に一度は訪れて下さった。「そんなに泣くではない」と彼女にしては珍しく優しい声で私を励ましてくれた。

「今、考えると完全に私が悲しんでいるのを楽しんでいましたよね！」

耀世《ヨウセイ》様の死が擬装だと分かった今、思い返すとあの薇喩《ビユ》様らしからぬ一連の行動は、私が苦しむ姿を鑑賞しに来ていたとしか言えない。

「そ、それは、まだ薇喩《ビユ》が皇后だからな」

後宮の主である皇后。

確かに後宮で謀《はかりごと》をするならば、彼女を巻き込むのが筋だ。そして彼女を巻き込んだからこそ、皇帝の暗殺を擬装できたに違いない。

「全て分かっているから腹が立つんです！」

皿に取り分けられた宮餅を頬張《ほおば》りながら、怒りを鎮めようと試みる。

「耀世《ヨウセイ》様まで……」

瑛庚《エイコウ》様とは対照的に武骨で不器用な彼までが自分を騙《だま》したかと思うと、未だに悲しさから涙が込み上げてくる。

耀世《ヨウセイ》様は今まで、常に私に対して真摯《しんし》に向き合ってきてくれた。機織りを続けたいという私のために、機織りは皇后の仕事とする法すらも作り上げてくれた。

そんな彼が私を騙した――、その事実は私にとっては衝撃的でしかなかった。

「好きだ」「大切にしたい」そんな彼から投げかけられた言葉すら嘘だったのではないかと思えるほどに……。

「違うって！　耀世《ヨウセイ》は知らないんだ」

「知らないわけないじゃないですか！」

明らかな嘘に私は、この日一番の大きな声をあげた。

「何も知らない人が、どうやって毒を飲んだフリをするんですか⁉」

耀世《ヨウセイ》様が毒を飲んだと思われた時、私はすぐに応急処置をした。しかも飲んだ毒はたったの一口だ。

『毒を飲んだ演技』を彼がしていたと考えるのが自然である。ただその演技を――しかも私の前でしたのは、誰でもなく耀世《ヨウセイ》様だ。

「いや、確かに毒殺されたフリはしたよ？　ほら、宰相の悪巧みを暴くためにね」

単に彼らは悪戯《いたずら》で死んで見せたわけではない。官僚派の皇帝とみられていた耀世《ヨウセイ》様に仇《あだ》なそうとしていた宰相一派を粛清するための口実が欲しかったのだ。

彼らの狙いは見事に当たり耀世《ヨウセイ》様の暗殺を企てた宰相だけでなく、その周辺の貴族らも粛清することに成功した。

「でも耀世《ヨウセイ》から蓮香にも後日伝えるように言われていたんだ。それを隠していたのは俺だ」

「なんでそんな酷《ひど》いこと……」

絶望的な日々を思い出し、思わず涙ぐんでしまう。どうして、そんな残酷な仕打ちができたのかと瑛庚《エイコウ》様を問い詰めると、困ったように瑛庚《エイコウ》様は頭を掻《か》きながら、仕方ないだろ……と呟いた。

「だってお前ら、あのまま放って置いたら、ずっと幼馴染の域から出なかっただろ」

再び返す言葉がなくなり、私は宮餅を頬張る。

「感謝して欲しいぐらいだよ。こんなに面倒な役をさせられてさ」

「じゃあ、なんで耀世《ヨウセイ》様は戻ってこられないんですか」

私は畳みかけるように尋ねる。

実は、ここまでの答えには瑛庚《エイコウ》様に伺わずともたどり着くことができていた。だが問題はその先にあった。

一部の貴族の粛清が行われた後も耀世《ヨウセイ》様が後宮に戻って来ないのだ。確かに皇帝としては戻って来られないだろうが、以前のように二人の皇帝としてコッソリ戻ってくることはできたはずだ。現に二人の違いなど、彼らの母親ですら判別はついてない。騙されたこともだが、耀世《ヨウセイ》様の近くにいられないことが何よりも辛かった。彼は単なる幼馴染ではないと分かった今、以前のように一緒の時間を過ごしたいと切に願ってしまうのだ。

「当初の計画と事情が変わったんだ」

そんな私の想いに反して返ってきた瑛庚《エイコウ》様の声が思いの外硬《かた》く、思わず身構えてしまう。

「最初は俺が死ぬ予定だったんだ。宰相を騙すだけなら耀世《ヨウセイ》にだってできるし、早駆けで負けたのは俺だしね」

「確かに……」

どちらかが皇帝になる——それを彼らは早駆けの勝敗に委《ゆだ》ねた。そして、その勝負には耀世《ヨウセイ》様が勝ったのだ。

「でも北のカラスが少しうるさくなってきてね」

カラス——それは遊牧民族の中で浩宇《ハオウー》さんと拮抗《きっこう》する勢力を持つ部族の俗称だ。部族の族長一家の顔が浅黒いことから、遊牧民の言葉で「カラス」という意味を持つメルキトという名前を冠している。

その一方で瑛庚《エイコウ》様のように「カラス」と侮蔑《ぶべつ》を込めて彼らを呼ぶこともある。雑食性のカラスはゴミや動物の死骸《しがい》すらも食べるが、そんなカラスのようにメルキト族は様々な部族を襲い勢力を拡大しているからだ。そしてカラスのように狡猾《こうかつ》なのだという。

「小競り合いをしているうちは良かったんだけど、どうやら一大勢力として落ち着いたみたいでね」

「次は我が国が標的になると――」

メルキト族が領地としている場所は、ちょうど我が国の真北に位置する。近隣の部族を統一した彼らが、次の標的として我が国を選ぶ可能性は非常に高いだろう。

「おっちゃんも、それを心配していてね」

「ですが耀世《ヨウセイ》様が行かれる必要など……」

耀世《ヨウセイ》様が大軍を率いて統治に行くならば別だが、彼一人が向かって何ができよう。

「あいつはさ、蓮香のために武力ではなく政治の力で遊牧民族を統一させたいらしい」

「わ、私の？」

とんでもない言い分に私は思わず耳を疑う。遊牧民族の統一が何故私の人生と関係あるのか分からなかった。

「我が国であれば武力で遊牧民を平定するのは、難しいことじゃないんだよね」

私の動揺をよそに瑛庚《エイコウ》様はお茶を一口飲みながら、そう呟く。

「軍勢の数からすれば遊牧民なんて敵じゃないからね。でもさ、それじゃあ、延々と争いが続くんだ。生き残った子孫は我が国に恨みを抱き、成人した頃には再び我が国に戦《いくさ》をしかけてくる」

この国と遊牧民族の争いは歴史の中で何度か収束しているが、数十年もするとメルキト族のように反乱分子が生まれている。

「でも耀世《ヨウセイ》は、蓮香のために何代にもわたって平和が続くような部族統一を行いたいって言い出したんだ」

もし私の代で平和な世になっても、子の代で戦火が生じたら……と考えると確かに安心できるものではない。

「それで武力衝突の可能性もあるし、『紛争を収めるのは、お前には無理だ』って耀《ヨウ》世《セイ》に言われてね」

見た目はよく似ている二人だが、瑛庚《エイコウ》様は耀世《ヨウセイ》様ほど武術を得意とはしていなかった。確かに耀世《ヨウセイ》様が言うように瑛庚《エイコウ》様には不向きな仕事かもしれない。

「だから後宮に残ったのに酷い言われようじゃないか？　半月も口を利いてくれないしさ……」

この半月、言い訳にすら私は耳をかさなかった。たとえどんな言い訳を聞かされても、感情的に瑛庚《エイコウ》様を怒鳴りつけてしまいそうだったからだ。

「耀世《ヨウセイ》様は、本当に戻って来られるのですか？」

「戻ってくるよ。当たり前だろ？　後宮《ここ》には蓮香がいるんだ。戻って来なかったら、俺が引っ張ってでも連れて来てやるよ」

冗談めかして、そう言った瑛庚《エイコウ》様の言葉に私は力なく微笑む。

耀世《ヨウセイ》様が戻ってくれれば、後宮から去るのは彼の番だからだ。確かに私は耀世《ヨウセイ》様を選んだが、瑛庚《エイコウ》様だって今もなお大切な昔馴染みであることに変わりない。大切な人が去る辛さは決して慣れることはないと、その時痛感させられた。

◇◇◇

まだ冬の香りが強く残っている風を馬上で受けながら、耀世《ヨウセイ》は思わず目を細める。

草原に吹く風は強く彼の髪を勢いよくたなびかせた。

後宮では頭上で一つにまとめていた長い髪だが、遊牧民の間では浮いてしまうため何もせずに下ろしている。それでも耀世《ヨウセイ》から、暑苦しさを感じさせないのは彼が皇帝としての品をまだ色濃く残しているからだろう。

「どうした？　メルキト族の奴らでもいたか？」

こちらも馬に乗った浩宇《ハオウー》の言葉に、耀世《ヨウセイ》は静かに首を横に振る。

「後宮でもこの風が吹いているのかと思いまして」

なんだそんなことか、と浩宇《ハオウー》は馬鹿にしたように笑い飛ばした。

「難しい顔をして草原を見ているから何事かと思ったぞ」

「そんな顔していました？」

「ああ、していた。まるで大切な物でも忘れてきたような顔だったな」

耀世《ヨウセイ》は、その言葉が図星だったこともあり静かに苦笑する。都《みやこ》を出てこうして草原の中で遊牧民族として生活するようになって半月。目の前に広がる景色は一変していた。

どこまでも続くかのような草原。そこには人影はなく、見える影といえば家畜の馬と羊だけだった。

そんな草原の中に耀世《ヨウセイ》は、何時《いつ》も蓮香の姿を探していた。

体の芯《しん》まで冷えるような風が吹けば「蓮香は後宮で寒い思いをしていないか」と心配になり、ヤギの乳から作った蒸留酒《アルヒ》を飲めば「蓮香もこれなら飲めるかもしれない」と常に、そこにはいない蓮香のことばかり考えていた。

そんな日々を過ごすうちに、蓮香に対して何も説明せずに後宮を去ったことを耀世《ヨウセイ》は後悔するようになっていた。瑛庚《エイコウ》から「全部俺に任せておけ」と言われ渋々従った耀世《ヨウセイ》だが、大きな間違いだったのではないかと思い始めていたのだ。

「必死に俺を助けようとしてくれた」

既に当時の感覚はなかったが、後宮で蓮香から押し付けられた唇の感触を探すように耀世《ヨウセイ》は自分の唇にそっと触れる。

「俺が死ぬと思ったんだろうな――」

耳を澄ませば涙ながらに「耀世《ヨウセイ》様は助かるんですよね」と叫んでいた蓮香の声が風の中から聞こえてくるような気すらした。

「可哀想なことをした」

それが蓮香にとって異性に対する愛情からくる行動ではないことを耀世《ヨウセイ》は痛い程、理解していた。おそらく侍女の林杏《リンシン》が同じ状況になっても蓮香は必死で命を救おうと行動するだろうと。

それでも自分を失ったと嘆き悲しむ蓮香の姿を思い出すだけで、耀世《ヨウセイ》は胸が締め付けられるような罪悪感を覚えるのだ。

「何をブツブツ言いながら笑ってんだ。気持ち悪いな」

いつの間にか隣に並んだ浩宇《ハオウー》は、訝《いぶか》し気《げ》な表情を浮かべてそう言った。

「笑っていましたか……」

苦笑しながらも耀世《ヨウセイ》は自分の中に新たに生まれ始めている感情に気付き、ハッと息をのむ。

罪悪感と共に生まれ始めた感情は優越感だった。

自分のために愛する人が周囲の目を気にせずに涙を流し、悲しんでくれたという事実は耀世《ヨウセイ》の自尊心を満たすには十分だった。女の扱いになれた瑛庚《エイコウ》に対して常に劣等感を感じていた耀世《ヨウセイ》だったが、蓮香の涙は耀世《ヨウセイ》に小さな自信を与えた。

半月もすると罪悪感は徐々に薄れ、蓮香が与えた自信が耀世《ヨウセイ》の中で大きくなっていったのだ。

「明日はメルキト族との会談なんだ。気を抜くなよ。バータルは一筋縄じゃいかない野郎だ」

「バータル……メルキト族の首長ですね。確かに大きな部族ですが、あくまでも一族長にしかすぎませんよ？」

それならば浩宇《ハオウー》も一族の族長だという耀世《ヨウセイ》の言い分を浩宇《ハオウー》は軽く笑い飛ばす。

「やっぱり何も分かっちゃいねぇな。あいつは自分のことを『神の子』と公言しているらしい」

「神……の子ですか？」

さほど大きな問題ではないと言った様子で耀世《ヨウセイ》は、浩宇《ハオウー》の言葉を聞き返す。

「あいつが信じているのは、俺達とは違う西国の邪神だ。あいつはそれ以外の神を信じる奴を容赦しない」

この段になりようやく耀世《ヨウセイ》の表情が曇った。

耀世《ヨウセイ》らが治める紫陽国《しようこく》も神に対する信仰は存在するが、その神は決して唯一の神というわけではない。天界には天帝《てんてい》が存在しており、その天帝に複数の神が仕えていると信じられている。

様々な神が存在するため地域や神殿ごとに崇《あが》める神は異なっているのだ。だが最終的にどの神も天帝に仕えていることもあり、国民は比較的他人の信仰に対して寛容な宗教観を持っていた。それは紫陽国だけでなく、遊牧民である彼らにおいても当てはまった。

自然と共に生きる遊牧民族の多くは自然を信仰している。山や川だけでなく竈《かまど》にも神が存在していると考えているのだ。だからメルキト族の中でも西国の邪神を妄信《もうしん》的に信じるという人間は非常に珍しかった。

「バタールの『神の子』の逸話はいくつかあるが、一番強烈なのが妻殺しだ」

「妻を？」

耀世《ヨウセイ》の形のよい眉《まゆ》がキュッと中央に寄る。その表情は明らかな不快感を現していた。

「バータルは従妹《いとこ》を最初の妻にしているんだが、結婚後『俺は神の子だ。俺の父である神を信仰するなら、妻として愛する』と宣言したらしい」

「すごい条件ですね」

その条件を飲む相手ならば、愛することができるというバータルの単純さに耀世《ヨウセイ》は呆《あき》れていた。

「だが最初の妻はそれを断った。するとバータルは、その妻を即座に殺したらしい」

「そんな理由で？」

「それだけじゃない。次の妻も同じ理由で殺した」

「尋常じゃありませんけど……、なんでその事実が発覚したんですか？　多くの人がいる前でその宣言を行ったんですか？」

耀世《ヨウセイ》の疑問に浩宇《ハオウー》は首を静かに横に振る。

「最初の二人の妻は謎の失踪を遂げた……ってことだったんだが、三人目の妻は逃げ出したんだ。バータルの父親に保護され、その連続殺人が明らかになった」

バータルの異常性に耀世《ヨウセイ》は、にわかに気分が悪くなっていた。

「それでよく粛清されませんでしたね」

一定の場所に留《とど》まらない遊牧民族には、犯罪者を捕まえたり裁いたりする役人のような仕事を持つ人間はいない。ただ犯罪者を野放しにするのではなく、部族の有力者が集まりその処分を話し合うのが一般的だ。

「しようとしたさ」

浩宇《ハオウー》は苦笑しながら、地平線に向かって視線を向ける。

「バータルの父親が息子に死をもって罪を償わせようとしたらしいが、逆にバータルが集めた私兵によって返り討ちにあったらしい」

「三十年前のメルキト族の代替わりの裏側には、そんな背景があったんですね」

メルキト族の代替わりは遊牧民にとっては大きな事件だった。そのため耀世《ヨウセイ》が生まれてもいない時代のことだが、子供の頃から何度も聞かされていた話ではあった。

「相手は血も涙もない相手だ。だから気を抜くなってことだ」

浩宇《ハオウー》は、そう言うとバシッと勢いよく耀世《ヨウセイ》の背中をたたいた。

「痛いですよ」

突然背中に衝撃を受け耀世《ヨウセイ》は浩宇《ハオウー》を軽く睨《にら》む。だが浩宇《ハオウー》は気にした風もなく、くるりと耀世《ヨウセイ》に背中を向けると馬を羊の群れへと向かわせた。

「こういうのは苦手なんだ。戦で話をつければいいじゃねぇか。よっぽど手っ取り早い。負ける気はしねぇしな」

そう投げ捨てるように呟いた浩宇《ハオウー》の意見は決して個人的なものではなかった。

当初は部族内でも「武力によらない遊牧民族を統一」に対して批判的な声が多かった。「遊牧民なら遊牧民らしく戦って自分のものにしたい」そんな声が多かったのだ。

それでも耀世《ヨウセイ》は根気よく説得に回り、ようやくメルキト族との会談にたどり着いたのだ。

耀世《ヨウセイ》は静かに息を吸い、真っ直ぐな視線を叔父へと向ける。

「今、やらなきゃ駄目なんです」

何度でも説明する、そんな気迫を背中に感じ浩宇《ハオウー》は「分かっているよ。分かっている——」と小さく手を振った。

「だが忘れるんじゃねぇぞ。相手はバータルだ」

そう言った浩宇《ハオウー》の背中は耀世《ヨウセイ》には、とても大きく見えた。

第二章　長からむ髪と愛

「そういえば、また連続殺人事件の被害者出たんだって」

部屋の端でヒソヒソと交わされたその会話は、少し離れた場所で機織をしている私の耳にも届いていた。

「また髪、切られていたの？」

「そーなのよ。例の張り紙も貼ってあったみたい……」

噂話をする彼女達の主な仕事は、完成した帯の検品をはじめ設計図に対して糸が揃《そろ》っているか、などの確認作業だ。ある程度の集中力は求められるが、決して無言で作業しなければいけないものではない。

そのため彼女達の最大の楽しみは仕事中の噂話となる。そんなこともあり細かな模様を入れるなどといった、糸の一本一本の音を集中して聞かなければならない時以外は彼女達の雑談を私は止めていない。勿論、指摘してもいいのだが、そんなことをしようものなら、ありもしない噂話を後宮中に広められかねない。

「『毛女打敗《けじょをうちとったなり》』でしょ？　暴行の跡が少ないことから、相当な手練《てだ》れによる犯行らしいわよ。怖いよねー」

怖いと恐怖を口にする彼女達だが、その口調はどこか楽しそうな響きがある。おそらく完全に対岸の火事でしかないからだ。

男子禁制の後宮だが、女性であっても宮女にならなければ後宮に入ることはできない。宮女となるためには試験を受けなければならないし、一度後宮に入れば滅多なことでは出ることを許されない。後宮に入る資格を持つ宮女さえ、この厳しさだ。この半年で六人もの女性を殺害しつつも決して逮捕されることのなかった犯人でも後宮に侵入することは難しいだろう。

そんな後宮に住む彼女達にとって、連続殺人事件の噂話は何よりの娯楽に違いない。普段は後宮に市井《しせい》の事件の情報は入ってこないこともあり、なおさらなのだろう。

「あんた達！　うるさいわよ」

半ば笑いながら話す宮女達の声を叱責《しっせき》したのは林杏《リンシン》だった。私付きの最初の宮女ということで、自然とこの部屋の中では立場が強い彼女だが驚く程、仕事ができない。

現に注意された宮女達は、反省する様子もなく「でもぉ……」と何かを窺《うかが》うような声をあげている。

その表情は見えないが、おそらく私に何とかしてくれと助けを求めているのだろう。

「林杏《リンシン》、大丈夫よ。でも、ありがとうね」

私は杼《ひ》を動かす手を止めて、林杏《リンシン》の声がする方向に微笑みかける。

「あんた達ね！　蓮香様だから良かったけど、他の后妃様達だったら暇《いとま》を言い渡されてたわよ！」

「で、でも……」

再び宮女達からもれた言葉の先には「まだ后妃ではない」という言葉が聞こえてきそうだ。この宮に連日のように瑛庚《エイコウ》様が訪れ、「皇后に」と画策していても、今の私は従五品の宮女でしかない。

「不謹慎ですよ」

そうバッサリと言い切ったのは依依《イーイー》だった。林杏《リンシン》のように長々とした説教ではないが、有無を言わせない響きがそこにはあった。宮女達も「申し訳ありません」と再び作業に戻る音が聞こえてくる。

「もー依依《イーイー》ったら、いつもいい所持って行くんだから」

林杏《リンシン》の不平にも耳を貸さずに依依《イーイー》は黙々と作業を続ける。静かだが無駄のない動きであるということが道具を動かす音から伝わってきた。彼女は林杏《リンシン》とは異なり後宮で過ごす期間は短いが、この宮で誰よりも仕事ができる。

「子供の頃、よく遊んだ娘《こ》だったんです」

依依《イーイー》の言葉に部屋にいた全員が息を飲むのが伝わってきた。

「貧しい家の子で……まぁ、うちも五十歩百歩でしたけどね」

自嘲《じちょう》気味に笑いながら依依《イーイー》は、糸を整理する手を静かに止めた。

「私は十六で結婚しましたが、その時、彼女は妓楼《ぎろう》に売られたんです。私が後宮に入る直前、最後になるかも……と妓楼に会いに行った時は元気で――。私に着物もくれました」

彼女が私付きの宮女として後宮に来た時に着ていた着物のことをにわかに思い出す。麻の着物だが、所々に絹地が使われているという不思議な音がする着物を着ていた。妓楼で働く友人から貰《もら》ったと考えると、その不自然さにも頷《うなず》ける。

「あれが本当に最期になるなんて……」

「蓮香様、犯人捕まえましょう！」

林杏《リンシン》は勢いよく立ち上がると、そう叫んだ。

「捕まえるって――」

依依《イーイー》の友人の無念を晴らすために、犯人はできれば捕まえてあげたい。だが、宮女である私達は簡単に後宮を出ることは許されないのだ。依依《イーイー》が「最後になるかも」と言ったのも、あながち大袈裟《おおげさ》な話ではない。中には生涯後宮で過ごす宮女も少なからず存在する。

「瑛庚《エイコウ》様に頼みましょう！　私、一つだけ願いを聞いて貰える約束をしているんです！」

この前の茶番のことか……と私は小さくため息をつきつつも、それならば解決できるかもしれない——そんな気がしてきた。

「何で私と瑛庚《エイコウ》様で行くんですか？」

肉を焼く香ばしい香りや麺《めん》を茹《ゆ》でる熱気に包まれながら、私の手を引く瑛庚《エイコウ》様にそう尋ねる。行き交う人々からは酒の匂《にお》いや安い香の匂いしか伝わって来ないのは、ここが後宮の外——露店が並ぶ路地だからだ。

後宮では聞かない喧騒《けんそう》に包まれながら私は、思わず顔をしかめる。

確かに依依《イーイー》の友人を殺したという犯人を捕まえるために尽力しようと決意したが、てっきり一緒に城外に行く相手は依依《イーイー》だと思っていたのだ。

「林杏《リンシン》の頼み方が悪いんだよ」

平民の姿に身を包んだ瑛庚《エイコウ》様は、嬉《うれ》しそうにそう呟く。

「林杏《リンシン》の『蓮香様に連続殺人犯を捕まえさせてください』という願いは、ちゃんと聞き届けているだろ？」

依依《イーイー》が友人の死を打ち明けたその日の晩、私の部屋を訪れた瑛庚《エイコウ》様に林杏《リンシン》は確かにそう願った。

「林杏《リンシン》のことだ。事件の調査にかこつけて街で遊ぶつもりだったんだろうけど――」

確かに私と瑛庚《エイコウ》様が後宮を出る最後の時まで、林杏《リンシン》は「なんで私は行けないんですか⁉」と騒いでいた。あれは明らかに義憤《ぎふん》に駆られた叫び声ではなかった。どちらかというと菓子を買ってもらえずに嘆く子供の声に近い。

「事件解決なら、俺がいた方が便利だよ？」

「ですが、ここは後宮ではございません」

そうだよな……と呟き瑛庚《エイコウ》様は、私の手を引いて少し後方に下がる。

「だから元璋《ゲンショウ》に来てもらった」

元璋《ゲンショウ》と紹介された男は、後宮を出た瞬間から瑛庚《エイコウ》様の側《そば》を片時も離れなかった足音の持ち主だ。その足音は街に出てからも距離を開けることがなかったので、護衛か何かかと思っていたが予想は当たっていたようだ。

「禁軍の副将軍なんだ。城の外でもそれなりに顔がきく」

禁軍は皇帝直属の軍隊だ。主な仕事は城内や皇帝の住まいである天子宮の警備などだ。確かに禁軍の副将軍ならば、城外だとしてもそれなりに顔もきくだろう。

「何より今回の事件を誰よりも解決したいと思ってる」

「誰よりも?」

私の疑問に答える前に瑛庚《エイコウ》様はギュッと私の手を握り、極秘情報なんだけどね、と耳に顔を寄せ囁いた。

「実は殺害現場で禁軍の李《リー》将軍の姿が目撃されていて、犯人として捕まっているんだ」

「しょ、将軍が!?」

思わず叫んでしまった私に、元璋《ゲンシヨウ》様から低い咳《せき》払いが聞こえてくる。

「『将軍らしき人影』でございます」

元璋《ゲンシヨウ》様は、すかさず瑛庚《エイコウ》様の言葉を修正した。禁軍の将軍が連続殺人事件の容疑者であるなど絶対あってはいけない事実なのだろう。だから連続殺人事件の容疑者として捕まりながらも、未だにその事実は公表されてないに違いない。

「李将軍が自白していないこともあって、捕まえた役人達も裁くに裁けず、将軍が獄中で自害してくれるのを待ってんだろーね」

瑛庚《エイコウ》様の言葉に、なるほどと頷く。

犯人として裁けない以上、容疑者段階で死んでもらえれば犯人は罰せられ、禁軍の将軍が犯人という事実も隠蔽《いんぺい》できる。おそらく役人による将軍に対する尋問は犯行に対する自白を求めるものではなく、自害を勧める言葉に変わっているのだろう。

「あ！　蓮香、宮餅に似た菓子があるぞ！　買ってくるから待っててよ」

瑛庚《エイコウ》様は後宮を出る時から一度も離そうとしなかった手をパッと離すと、私の手を元璋《ゲンシヨウ》様の手の平の上に乗せた。

「そなたは宮女でありながら、あのように陛下に対して不遜《ふそん》な態度を取ってるのか」

瑛庚《エイコウ》様の足音がかなり離れてから投げかけられた言葉は思いの外、野太く驚かされた。

禁軍は皇帝の近衛《このえ》兵ということもあり、名誉職でもある。そのため隊員の多くは貴族の次男や三男が就くことが多い。

だから元璋《ゲンシヨウ》様もその類《たぐい》の人種だと思っていたのだ。

「元璋《ゲンシヨウ》様は弓を使われます？」

的外れな質問と思ったのだろう。元璋《ゲンシヨウ》様から、はぁ?!　と怒りを滲《にじ》ませた返事が返ってくる。

「凄《すご》く綺麗《きれい》な手をしていらっしゃるもので、つい」

私の手の平をのせたその手は、武人らしく厚かったが驚くほど柔らかかった。

「確かに弓を得意としているが……」

「やっぱり。弓の名人は、タコができないと聞いていましたが本当なんですね」

弓を引く際、右手で矢を引き左手で弓を支える。そのため小指の付け根と天紋筋——いわゆる人差し指から薬指の付け根部分——が硬くなることはあるが、剣術のようにタコができることはないという。

もしタコができているならば、変なクセが付いている可能性もあり、名人芸とは程遠くなるらしい。

「何故、タコがないのに文官ではないと？」

分かりきった答えを聞かれて思わず苦笑する。確かに禁軍には、経理など書類作業が必要なため文官も所属している。貴族の次男、三男などが名誉職として禁軍に入隊する際には、この『文官』として入隊することが多い。

「元璋《ゲンショウ》様が文官？　笑わせないで下さい。歩いている時の体幹、これほどまでにシッカリされている文官など見たことがございません」

何もタコがないから彼を武官と決めたわけではない。

「そしてご生家は有力な遊牧民族なのではございませんか？」

「そなた、占いもできるのか？」

慌てて、そう尋ねる元璋《ゲンシヨウ》様に私は首を横に振る。そんなことまで占えていたら、後宮から出ずに犯人を捕まえている。

「これだけ手にクセが出ないということは、おそらく相当な修練を積まれているのかと見受けます」

禁軍の主な仕事は城の警備とされているが、大部分の時間は訓練に当てられている。後宮に隣接している演習場からは毎日のように訓練に勤《いそ》しむ禁軍の兵達の声が聞こえてくる。

「しかし、その練習は狩猟《しゆりよう》のためでも戦闘のためでもなく儀式のためですよね」

「ナーダムなどの式典でも弓を引く儀式はある。ただ、それはあくまでも式典のためであり、矢が的に当たる以上に射る時の姿の美しさも問われる。様々な流儀が存在し、矢を射るまでの数分間にも八つの節に分けて指導が行われるという。

「幼い頃から弓を扱い、禁軍の人間として儀式のための弓を射れる立場にある――となると有力な遊牧民族出身の可能性が高いかと」

「なるほど。陛下が連れてきただけあるな」

元璋《ゲンシヨウ》様は感心したように頷くが、少しすると苦々しく苦笑した。

「しかし、わざわざ厳重な警備を敷いてまで城から出る必要はあったのか？」

「だから依依《イーイー》と二人で来たかったんです」

私は街ゆく人々の足音に耳を傾けながら小さくため息をつく。雑踏を歩く人々、露店で物を売る商人。その中に不自然な足音や声があることには薄々気付いていた。

「禁軍の方々を紛れ込ませたんですね」

この規模で警備をするならば、関係者を後宮に呼び出した方がよっぽど早かったに違いない。

「皇后陛下を納得させるために……な」

今回、瑛庚《エイコウ》様が城下に行かれることに最後まで反対したのは私と林杏《リンシン》だけではなかった。その筆頭になったのが、皇后である薇瑜《ビユ》様だ。薇喩《ビユ》様は私が後宮の門から出る最後の最後まで「蓮香一人で行きなさい！」と叫んでいた。

「お手数をおかけします」

露店であれこれと楽しそうに買い物している瑛庚《エイコウ》様の声を遠くに聴きながら、私はゆっくりと元璋《ゲンシヨウ》様に頭を下げた。

まだ真新しい木の香りを残す門だが、足を踏み入れた瞬間、張り詰めるような緊張感に身がすくむような気がした。そんな私と対照的だったのが、瑛庚《エイコウ》様だ。門をくぐるやいなや「おぉー」と歓声を上げる。

「やっぱり坊門《ぼうもん》、建てて正解だったな」

瑛庚《エイコウ》様は柱をさすりながら感慨深そうに呟いた。

都は碁盤《ごばん》の目のように規則正しく街路が並んでいる。その街路で四方を囲まれた場所を『坊』と呼び、土塀で囲まれている。ただ囲っているだけでなく坊ごとに坊正という長が置かれ、その地域の治安や戸籍などを管理している。そんな坊ごとの出入りを管理するための門を耀世《ヨウセイ》様の暗殺事件直後から瑛庚《エイコウ》様は作り始めたのだ。それまでは坊ごとに土塀で囲っていても人の出入りを監視する施設がなかったため、体系的な管理がなされていなかったのだ。

「どこに、そんな財源があったんですか？」

皇后になるということで国庫についての勉強もしているが、我が国の経済状況は決して豊かではない。貧しいというわけではないが、大規模な建造物を建てられる程、潤沢《じゅんたく》だった記憶はない。

「粛清した貴族達の財産を巻き上げたからな」

瑛庚《エイコウ》様は快活に笑いながら、私の手を引いて坊門をくぐった。

「でも、すっごく歓迎されてないな」

瑛庚《エイコウ》様は、そっと私の耳に顔を寄せて、そう囁く。坊門の人間にも瑛庚《エイコウ》様が皇帝ということは隠しているため、私達の前を歩くのは元璋《ゲンシヨウ》様だ。おそらく将軍の解放を要求しに来たと思われたのだろう。

「何度も申し上げておりますが――」

私達を出迎えた役人は、用件を聞く前に叫ぶようにしてそう言った。

「今日は将軍を解放しろと、言いに来たわけではない。先日の遺体を検分させてもらいに来た」

憮然《ぶぜん》とした様子の元璋《ゲンシヨウ》様から察するに、これまで何度となく将軍の無実を訴えに来ていたのだろう。開口一番に訴えを却下される程にだ。

「遺体を……ですか？　既にご覧になられたではございませんか」

不思議そうに尋ねる役人に、この者達がな、と言って元璋《ゲンシヨウ》様が振り返る音がした。

「この娘は後宮で働く宮女だ。これまで後宮で難事件をいくつも解決している」

「手を引かれなければ満足に歩けないような者に何が分かりましょう！」

ハッキリ言葉にはしないが、おそらく私の目のことを指しているのだろう。手を引かれないと一歩も歩けない無力な女……と役人の目には映っているに違いない。

「我らには熟練の検死官がおる。そのような者の手を借りずとも――」

「今回の事件は陛下も心を痛めていらっしゃいます」

役人の言葉を遮るように私は口を開いた。

「そのために後宮から参りました。このまま後宮に戻りましたら、陛下に合わせる顔がございません。助けると思い遺体を検分させていただけないでしょうか？」

本当に助けて欲しいわけではない。だが、その言葉の裏には「皇帝」の存在を匂わせることができたに違いない。案の定「だが――」と反論する役人の声に先ほどのような勢いはなくなっていた。

「腐敗も進んでおり――」

「私からもお願いします」

それは低いが軽やかな声だった。トテトテと纏足《てんそく》特有の足音が近づくと共に華やかな白檀《びやくだん》の香りが広がる。その香りが非常に強いのは、彼女から微《かす》かに香る薬品のような匂いを消すためだろう。

「淑栄《シユーロン》様っ！」

勢いよく役人達がその場に跪《ひざまず》く音が聞こえてくる。

瑛庚《エイコウ》様は私の後ろに隠れるようにしながら、そう囁く。私の後ろにいても、その身体は隠れないだろう……と呆れていると案の定、「あら」と軽やかな声が投げかけられた。

「先帝時代の后妃・淑栄《シユーロン》様だ」

「珍しい方がいらっしゃる。お久しぶりでございますね」

どうやら淑栄《シユーロン》様は、瑛庚《エイコウ》様の正体に直ぐに気付かれたのだろう。

「あぁ……。淑栄《シユーロン》様でしたか」

隠れられないと悟ったのか瑛庚《エイコウ》様は、ゆっくりと私から離れる。

「ええ、本当に。陛下の告天礼《こくてんれい》の時以来ですわよね」

淑栄《シユーロン》様は楽しそうに小さく笑うが、おそらく今まで顔を見せにも来なかった瑛庚《エイコウ》様に対する嫌味だろう。

告天礼とは、皇帝に即位することを神に報告する儀式である。この儀式をもって正式に皇帝として即位し、同時に後宮内から先帝時代の后妃達は追い出される。

つまり淑栄《シユーロン》様は、後宮では瑛庚《エイコウ》様達とはあまり接点がなかったのだろう。

「こんな所でお会いできるなんて、奇遇でございますね」

だが淑栄《シユーロン》様は、そんな素振りも見せず瑛庚《エイコウ》様をなじるのだから大した度胸だ。

「淑栄《シューロン》様も事件の件でいらしたのですか？」

瑛庚《エイコウ》様は気にした風もなく切り返すと淑栄《シューロン》様は、ええ……と苦しそうに頷いた。

「これまでも事件については聞いておりましたが、今回ばかりは私がいる神殿に近い場所での犯行でしたのでね……。役人殿に話を伺いに参りました」

伴侶である皇帝を亡くした后妃の末路は様々だ。冷宮《れいぐう》に生活の場を移し細々と生活することも許されるが、多くの后妃は神殿に入ることを選ぶ。神殿で亡き皇帝の御霊を鎮魂するという名目があれば後宮を出られるのだ。ただ「神殿に入れてくれ」と頼んでも神殿の門戸は開かない。多くの持参金を積むことで後宮と変わらない生活を彼女達は送ることができるのだ。

淑栄《シューロン》様の場合は、その金額も多かったのだろう。坊門の役人達にもこうして、一目を置かれた存在になっている。

「しかし、既に遺体の腐敗は進んでおり……」

「妾《わらわ》の願いが聞けぬと申すか」

軽やかな声だが、反論を許さないという毅然《きぜん》とした響きのある声に、役人は反論する言葉を飲み込んだ。やはり後宮を出たとは言え、后妃らしいな……と感心していると、渋々と立ち上がる役人の足音が聞こえてくる。

内し始めた。

「か、かしこまりました」

役人はそう言うと、ゆっくりとした足取りで私達を遺体を安置してある場所へと案内し始めた。


「先帝時代は正二品の后妃だったんだ。俺達に何かと嫌がらせしたくせに俺達が後宮に戻ったら、すり寄ってきてさ……」

坊門の裏手へと続く道で、瑛庚《エイコウ》様は忌々《いまいま》しそうにそう呟く。後宮の主である瑛庚《エイコウ》様に「すり寄る……」その言葉には色々な意味が込められていそうだと、思わず同情してしまう。

「髪が豊かな方ですよね」

話を逸《そら》そうと、そう尋ねると瑛庚《エイコウ》様は、そうなんだよ、と大きく頷く。

「よく分かったな。今は肩まで切りそろえているが、后妃時代は黒く豊かな髪の持ち主として、陛下からの寵愛も厚かったんだ」

「髪が揺れる音がする度、華やかな香りがしておりましたので……」

神殿に入る后妃は髪を短くして額に焼印を入れるという。淑栄《シューロン》様もおそらく先帝が亡くなられた時点で髪を切られたのだろう。多くの女性は腰より下に髪を長く伸ばし結い上げることが多いため、静かに揺れる髪の音は珍しかった。

「でも蓮香が一番だよ」

細く柔らかい私の髪に触れると瑛庚《エイコウ》様は、そう言って囁く。明らかな世辞に私は大きくため息をついて首を横に振った。黒くて艶がありコシのある髪が良しとされている風潮の中で、私の髪が一番なわけがない。

「瑛庚《エイコウ》様、世辞は結構でございます」

諌《いさ》めるにそう言うと少し前を歩いていた淑栄《シューロン》様がピタリと歩く足を止めた。

「そなたが今、巷《ちまた》で噂の宮女か」

「紹介が遅れました。私の最愛の蓮香でございます。蓮香、ご挨拶《あいさつ》を」

瑛庚《エイコウ》様が淑栄《シューロン》様の方に私の背中を優しく押し出したので、私はゆっくりとその場に跪いて頭を下げる。

後宮を出たとはいえ、彼女の方がはるかに身分は高い。こうして瑛庚《エイコウ》様に声をかけることを許されなければ、自分の名前を明かすこともはばかられるような相手だ。

「初めまして氾《ハン》蓮香と申します」

「神殿に入った妾《わらわ》にそのような挨拶など不要ですよ」

淑栄《シューロン》様は慌てて私を抱え立たせるが、地面に跪き頭を下げるまで無言で見守っていたのは確かだ。おそらく周囲に私の立場を分からせてから「不要」という言葉を言いたかったのだろう。

「しかし流石、淑栄《シューロン》様です」

瑛庚《エイコウ》様は淑栄《シューロン》様から私の手を取ると、大げさに感心して見せる。

「被害者は妓楼の女。そんな下賤《げせん》な者の死にも心を痛められるとは」

身分制度がある以上仕方ないのだが、瑛庚《エイコウ》様が言うように妓楼の女が一人死んでも心を痛める人間は非常に少ない。それは神殿で暮らす元后妃だけでなく、平民だとしてもだ。現に後宮で働く宮女達は『妓女連続殺人事件』を娯楽として楽しんですらいた。

「意外でしたか？　へい……ここでは瑛庚《エイコウ》様とお呼びしたらいいのかしら？」

瑛庚《エイコウ》様が小さく頷くと、淑栄《シューロン》様はクスクスと笑いながら言葉を続ける。

「神の前で人の命に貴賤《きせん》などございませんわ。死は平等に人の前に訪れます。例えば——瑛庚《エイコウ》様のお父上の前にも訪れましたでしょ？　国中の名医や薬が集められましたが、抗《あらが》うことはできなかった」

何かを含んだような彼女の言葉に瑛庚《エイコウ》様は、参ったと言わんばかりに苦笑した。

「おっしゃる通りだ。父が病に倒れた時、若かったこともあり祖母は奔走したらしいが無駄骨に終わったらしい」

「あの時は、神の非情さを恨みました」

淑栄《シユーロン》様は、わざとらしく鼻をすすり上げながらそう言った。だが「ですが……」という次の言葉が出てきた瞬間、彼女の声は涙声から通常の声に変わっており、先ほどの声は演技だったことに気付かされる。

「神殿で生活するようになり考えが変わりました。それもまた神の思し召しであると」

「なるほど？　だから妓女が神の思し召しに反して、殺されたことに憤りを感じているわけですね」

上手いことまとめた瑛庚《エイコウ》様に淑栄《シユーロン》様は満足そうに「ええ」と頷いた。

「それに神殿では妓楼の女を保護しておりますのよ」

「保護……？」

不思議そうに首を傾《かし》げる瑛庚《エイコウ》様に淑栄《シユーロン》様は髪飾りを触りながら、何かを考えるようにゆっくりと言葉を続ける。

「自ら進んで妓楼で働く女——というのは決して多くはないのでございますよ。中には過酷な労働に耐えかね、逃げ出す子も……。そんな者達を神殿では匿《かくま》っておりますの」

「しかし労働させることを前提に、既に対価は支払われているのだろ？」

妓楼での仕事は決して楽なものではないが、それでも無給というわけではない。ただ自ら「働きたい」と門戸をたたく人間は少なく、多くの場合が依依《イーイー》の友人のように親に売られて働いている。その場合は先にまとまった金が妓楼から親へ支払われ、売られた娘には借金だけが残る。それを返済するために決められた期間、娘は妓楼で働かなければいけないのだ。

瑛庚《エイコウ》様の疑念はここにあるのだろう。もし「働きたくない」という理由で妓女が逃げてしまえば、妓楼が大きな損をすることになる。

「もちろんですわ。その借財を神殿が立て替えるのでございます。逃げ出した妓女は神殿で働き、その借金を返済するのですわ」

「そのようなこともしていたのか――」

「女に生まれてきた故に、生き方を選べないというのは不公平でございましょう？私達は自由に生きるための手助けをしているだけでございます」

感心しきっている瑛庚《エイコウ》様に、淑栄《シューロン》様は楽しそうにそう言うと足早に役人達の後を追った。

「な？　一筋縄ではいかないだろ？」

瑛庚《エイコウ》様は再び私の耳元に顔を寄せると、そっと小さく囁いた。

役人に案内された部屋に立ち入った瞬間、思わず喉の奥から酸っぱい液体がこみあげてくる。部屋に充満した匂いがあまりにも強すぎたのだ。

「凄い匂いですわね」

そう言った淑栄《シユーロン》様の声は、くぐもっておりおそらく何か布を口元に押し当てているのだろう。

「ですから申し上げたではないですか」

もういいだろ、と言わんばかりの役人に私は首を横に振る。ここまで来て、臭いから引き下がります――というわけにはいかない。それこそ依依《イーイー》に顔向けができない。

「可哀想に……、髪をこんなに切られて……」

「髪を切られているのでございますか？」

淑栄《シユーロン》様の声がする方に歩を進めると、足元にコツンと木の箱が当たる。部屋の入口で嗅《か》いだ匂いはさらに強烈になっていた。おそらくこの木の箱の中に遺体が安置されているのだろう。

「ええ、こんなにざんばら髪にされて……、さぞ無念だったでしょうね」

淑栄《シユーロン》様は小さく嗚咽《おえつ》を漏らした。先ほどの先帝の死を悲しむ声とは異なり、それは本当に苦しそうな嗚咽だった。

「外傷はございませんか?」

「もう確認はできない状態だな。これが依依《イーイー》の幼馴染みとはな……」

私の横に立った瑛庚《エイコウ》様は、苦しそうな声でそう私に告げる。おそらく呼吸を最小限にとどめ、この強烈な匂いを嗅がないようにしているのだろう。

「頭には鈍器のような物で殴《なぐ》られた跡があったようです」

おもむろに語りだしたのは部屋の入口から一歩も動こうとしない元璋《ゲンショウ》様だった。

坊門の役人には顔を見ただけで追い払われそうになった彼だ。おそらく将軍が捕まった時点で事件の詳細について調査済みなのだろう。

「手首には縛《しば》った後もクッキリと残っており、この被害者は最後まで抵抗して苦しみながら亡くなったと——」

「もう止めて! そんな辛い話、聞きたくありませんわ!」

感情的にそう叫んだのは淑栄《シユーロン》様だった。

「こんな殺され方……」

悔しそうに握りしめる手には爪《つめ》が食い込む音、そして全身が震える音も微かに聞こえてきた。にわかに信じがたかったが、彼女は妓女が残酷な殺され方をしたことに心から怒りを感じているようだ。てっきり物見遊山――とは言いすぎだが、市井で話題の事件の見物に来たとばかり思っていただけに、驚きを禁じえなかった。

「妓女だからって、こんな殺され方されていいわけがございません！」

その通りだと私も無言で頷くと、パッと私の手が柔らかい感触で包まれた。淑栄《シューロン》様に手を取られたのだろう。

「蓮香、私に手を貸してちょうだい。一緒に犯人を捕まえましょう」

とんでもない申し出だったが、その時の私には「はい」と頷く以外の選択肢は用意されていなかった。

「こういう時は聞き込みですわね」

坊門を出た淑栄《シューロン》様は楽しそうにポンっと手をたたき、そう言い放った。どうやら今回の捜査の陣頭指揮《じんとうしき》を執りたいのだろう。

「聞き込み――」

既に行っているという反論じみた声色と共に元璋《ゲンショウ》様は口を開いたが、淑栄《シューロン》様は

「いいえ」と大きく手を振り言葉を遮る。

「今回の事件、鍵は髪だと思っております」

淑栄《シューロン》様の推理に再び私は驚かされる。その推理が私と、そう変わらない物だったからだ。

「妓女を殺すことが目的ならば、犯行直後に現場から立ち去るのが一般的です。ですが今回の連続殺人犯はあえて髪を切り続けている。おそらく髪が犯人の目的なのでしょう」


全く的外れな推理を披露するならば瑛庚《エイコウ》様を使い、話の方向性を変えなければいけないと思っていたが、その必要はなさそうだ。

「そんな髪についての捜査は、女である私の方が詳しくてよ？　心当たりがありますの。この者に案内させますので、いらしてください」

「淑栄《シューロン》様は、行かれないのですか？」

驚く瑛庚《エイコウ》様に、淑栄《シューロン》様は小さく笑う。

「この足ですからね、軒車《けんしゃ》で参りますわ。瑛庚《エイコウ》様、よろしければご一緒されます？」

後半、妙に艶っぽい申し出に瑛庚《エイコウ》様は軽く身震いをした。

「大丈夫です。今日は淑栄《シューロン》様とご一緒に軒車に乗れるような恰好《かっこう》はしておりませんのでら」

「あら残念」

残念と口にするものの、淑栄《シューロン》様は瑛庚《エイコウ》様からの返答は予想していたのだろう。食い下がることもなく素早く軒車へと乗り込む。少しすると馬の蹄《ひづめ》の音と共に華やかな香りがその場から消えていった。

「従者もいるとは――」

元璋《ゲンショウ》様は呆れたようにそう言うと小さく唸り、ゆっくりと軒車が向かった方向へと歩き出した。私達もそれに続くように、人込みの中へ再び足を踏み出す。

「神に仕えるっていうのは、あくまでも建前だからな」

淑栄《シューロン》様の従者がいる前で、はっきりと言葉にするのを憚《はばか》った元璋《ゲンショウ》様に代わり瑛庚《エイコウ》様がその心情を語った。

神殿で暮らす人間は、神に仕えることを目的とする。そのため衣食住は基本的に簡素なものであるべきとされている。一日に二食なだけでなく、その一食も粥《かゆ》に一品付のみ――と質素なものだという。さらに衣類は麻のみと限定する神殿もあるとか。現に淑栄《シューロン》様の従者は、歩く度にゴワゴワとした麻特有の衣擦《きぬず》れの音を立てている。

だが淑栄《シューロン》様は絹の着物を着用しており、移動には軒車を使っている。場所が後宮から神殿へ変わっただけで、その生活様式は大きく変わっていないのだろう。

「淑栄《シューロン》様はそんな方ではございません！」

瑛庚《エイコウ》様に反論した声は高く、まだ少女の名残りがあった。淑栄《シューロン》様が残した『従者』のものだろう。

「今回だって神殿に入りたいと相談していた妓女が亡くなったので、こうして坊門まで足を運ばれたんです！」

「相談――？」

瑛庚《エイコウ》様の足取りが少し遅くなる。どうやら事件とは別に妓女が神殿に逃げ込む仕組みが気になるようだ。後宮の主であった彼は「女が好き」というより女に対して無条件で優しいのだ。おそらく皇帝として妓女を救済する仕組みづくりの糸口がないか、と探っているのだろう。

「はい。いきなり妓楼の人間が神殿に来ても受け入れているわけじゃないんです」

「それは、そうだろうな」

そう瑛庚《エイコウ》様に先を促され、少女の口調は少し早くなる。

「今回の被害者は、一ヶ月前から神殿に相談に来ていたんです。一向に減らない借金が気になるって。証文も見せてもらえないと。淑栄《シューロン》様は、そんな妓女の話を親身に聞かれていました」

私は、従者の少女の言葉に、なるほどと頷く。

妓楼で働く多くの少女は、仕事で使わないことから満足に読み書きができないのが現状だ。証文の内容も分からず、借金がいくら返済されたか誤魔化されても気づかない子も多いのではないだろうか。

「今回の被害者は、そのことに気づいたのか？」

「はい、もう十二年以上働いているのに、借金が減らないと」

三十過ぎの依依《イーイー》の昔馴染みというのだから、決して若いというわけではないだろう。

「淑栄《シューロン》様は、単に神殿に逃げ込む相談を受けるだけじゃないんです。本当に親身になってお話を聞かれて……、時には実の姉のように優しく妓女達の頭を撫でて慰められることもあったんです」

「まるで女神のようだな」

茶化した瑛庚《エイコウ》様に向かって、少女は勢いよく振り返る。

「禁軍の方だかなんだか知りませんが、あまり淑栄《シューロン》様のことを悪く言うようでしたら私にも考えがあります」

「考え？」

物騒な響きに元璋《ゲンシヨウ》様の声色が硬くなる。おそらく町人に紛れ込んでいる衛兵たちも同じだろう。瞬時に空気が張り詰める音が聞こえてくるような気がした。

「ええ。このまま人気の少ないところに、皆様を置いていきます」

「人気のないね――」

元璋《ゲンシヨウ》様達に、大丈夫だ、と伝えるかのように瑛庚《エイコウ》様は、ゆっくりと明るい口調でそう言った。

「あなた方は育ちがいいから分かっていないんです。妓楼が並ぶ界隈《かいわい》の人気がない場所がどれほど危険か」

「確かにそんな場所に足を踏み入れたことはないな」

瑛庚《エイコウ》様の口調は白々しかったが、少女は自分の言葉が肯定されたことが嬉しかったのか、そうでしょうね、と鼻息も荒く言った。

「一つ前の被害者もそこで亡くなっているんですからね」

「前の被害者も?」

従者の少女の言葉に、私は思わず耳を疑った。

「前回の殺人現場もそんなに近いんですか?」

「隣の坊だが、歩いて行けないこともない」

元璋《ゲンショウ》様は当たり前のことを聞くな、と言わんばかりにそう言う。だが淑栄《シューロン》様が『今回は神殿の近くで事件が起こった』と仰っていたので、それ以前の事件は遠く離れた場所で起きていたのだとばかり思い込んでいたのだ。

「前回の犯行現場が、どちらになるか教えてください」

私は懐に忍ばせていた特製の地図を取り出し、従者の少女に差し出す。

「えっと……。今、私達がいるのがここで――」

少女の指が動いた場所に自分の指を重ねると、指先から地図の質感が伝わってくる。帯の設計図を作る紙と同じもので作られており、墨で書かれた文字や線が浮き上がっているのだ。

「あ、ここが神殿です」

少女の指の動きに合わせて地図の上を動くとさほど遠くない場所に神殿があることが分かった。

「で、ここが妓楼のある場所で――」

そう指し示された場所は神殿の裏手にある路地だった。神殿はちょうど隣の坊との境界線にあたる場所に位置していた。

路地に立ち並ぶ店の名前をなぞると、一本の太い線のようにみっしりと文字が並んでいるのが分かる。おそらく所狭しと妓楼が並んでいるのだろう。

「うーん、ここらへんかな？」

そう言った少女の指が地図の上で止まると、私達に近づいてきた元璋《ゲンショウ》様が「そこだ」と小さく頷いた。妓楼が立ち並ぶ太い路地から少し入った路地裏を指す地図の上で少女の指は止まっていた。近くに店らしき表記はない。ここならば誰にも見とがめられずに犯行に至ることも可能に違いない。

「さらにその前の遺体も妓楼が立ち並ぶ路地からほど近くの人気がない場所に打ち捨てられていた。中には人気がなさ過ぎて遺体が発見された頃には身元が分からないまでに腐敗が進んでいたこともあったらしい」

「つまり犯人は土地勘がある人間――ということですね」

私は妓楼周辺の入り組んだ地図を触りながら思考をめぐらす。おそらく従者の少女が言うように、ここに置いて行かれたら一人で後宮まで帰れる自信はない。

「妓楼に出入りするんだから男だろ、犯人は」

瑛庚《エイコウ》様は私の手を地図から引き離すと、自分の指に絡めようとする。それを静かにかわして私は彼の手の甲に手のひらを重ねた。

「そうとも限りませんよ」

これまでずっと考えていた推理を伝える。

「今回の被害者は、これまでの事件とは少し様子が違います」

「様子が違う？」

元璋《ゲンショウ》様のいぶかしげな声に私は深く頷く。

「遺体の状態です。これまでの遺体には暴行の跡はございませんでした。おそらく薬か何かで眠らせ、その後殺害していたのでしょう。ですが今回は殴打された跡がありました」

これまで犯人は明らかな形跡を残さないからこそ、捕まらなかったのだ。

「人を一人殺すのは決して楽な作業ではありません。特に犯行を目撃されないという条件も付けるならば、今回のように被害者の頭部などを殴打し動けなくしてからでなければ難しいでしょう」

「しかし今回は遺体がずいぶん早く見つかったな。犯行があった日、妓楼界隈では何かあったのか？」

瑛庚《エイコウ》様に尋ねられ、私達の前を歩いていた従者の少女は、少し考え始めた。

「確か……、尚書令《しょうしょれい》の令息が妓楼を貸し切りにしたとかで大騒ぎしていた音が神殿まで聞こえてきました」

尚書省は皇帝直属の法案などを扱う部署で、その長官は『尚書令』と呼ばれ身分も高い。単に身分が高いだけでなく、過去には皇太子が尚書令に就任したこともあり名誉職的な側面も持っている。そのため尚書令になるためには、優秀なだけでなく一定の身分の高さも求められる。

その息子ならば妓楼を貸し切るという豪遊ができるのも納得だ。

「そうそう。花火を打ち上げたんですよ。あれには驚きましたね。一瞬、戦《いくさ》が始まったのかと思いました」

「尚書令の息子ならば、先日、官僚になったばかりだぞ。確か五年かけて科挙《かきよ》に受かったとかで、尚書令は泣いて喜んでいたな」

瑛庚《エイコウ》様は、何かを思い出すかのようにブツブツと呟く。

「そうそう科挙の合格発表が出てから、尚書令とその息子が挨拶に来たんだ。真面目しか取り柄がなさそうな男で――、妓楼を貸し切って豪遊するような奴には見えなかったけどな……」

「あー、そっちじゃないです。その弟が妓楼を貸し切ったんです」

少女は慌てて首を横に振る。

「弟の子脩《シシユウ》様は勤勉なお兄様と違って科挙なんか受けもしないで、毎日ふらふらしている奴なんですよ。しかも女癖が悪い」

少女は吐き捨てるように子脩《シシユウ》という人物について語る。

「でもお金があるから性質《たち》が悪いんです。女はとっかえひっかえ。まるで後宮の皇帝になったかのような女癖の悪さです」

「ずいぶんな嫌われようだな」

少し寂しそうに瑛庚《エイコウ》様がそう言ったので、『私はちゃんと分かっている』そんな想いを込めて、彼の手に載せている自分の手に少し力をこめる。

「妓楼だけじゃ飽き足らず、神殿の女にまで手を出してきたんですよ！　子脩《シシユウ》に何人泣かされたことか……」

「お前も被害者か――」

同情するように元璋《ゲンシヨウ》様に言われ、少女は「違います！」と叫ぶ。

「私は声をかけられただけです。でも断ったら、わざと私の友達に手を出してきたんですよ」

「く、クズだな」

瑛庚《エイコウ》様が慄《おのの》くようにそう言ったが、少女は自慢げに鼻で小さく笑い首を横に振った。

「でも断った私の判断は正しかったんです」

「と言うと？」

「ここだけの話ですが……、変わった趣味をお持ちなんですよ」

少女は私達に顔を寄せるとこっそりと囁くように告げた。

「なんでも酒が入ると女人の格好をするらしいんです。私の友達は事に至る前に慌てて逃げ帰ったって言ってました」

「それで尚書令は次男については、多く語らなかったんだな……」

瑛庚《エイコウ》様は、長らく抱いていた疑問が解決したのか、なるほど、とゆっくりと頷く。

「欣怡《チンイー》……。無駄話はしないって約束したわよね？」

突然頭上から投げかけられた言葉に、従者の少女は「し、淑栄《シユーロン》様！」と飛び上がらんばかりに叫び、その場に跪くとそのまま勢いよく額を地面にこすりつけた。

「申し訳ございません！　お聞き苦しいお話をお耳に入れました」

「大丈夫だ。有益な話を聞かせてもらえたよ」

瑛庚《エイコウ》様は鷹揚《おうよう》に答えると、批難めいた口調の淑栄《シユーロン》様から庇うように従者の少女の腕を引き立ち上がらせる。

「それでここが淑栄《シユーロン》様が聞き込みをされたいと言っていた場所ですか？」

「ええ。髪屋でございますの」

「髪屋……？」

不思議そうに尋ねた元璋《ゲンショウ》様に、淑栄《シューロン》様は馬鹿にしたような高笑いをする。

「やはりご存知ございませんでしたのね。ここでは髪を売っているのでございます」

「髪を売るのか？」

にわかに信じがたいといった元璋《ゲンショウ》様だが、確かに女性の身だしなみについて知らなければ、こんな店が存在することも知らなくても当然かもしれない。

「女性は豊かで長い髪がよしとされています」

私はゆっくりと元璋《ゲンショウ》様に近づき、そっと説明する。

「ただ中には私のように生まれつき髪質が悪い者や髪が少ない者もおります。そういった者達が髪を購入して、地毛と共に編み込むことで自分の髪であるかのように振舞うことがございます」

私のような毛量では結えない髪型も、髪屋で購入した髪を使うことで実現することが可能になる。

「大変なのだな」

「蓮香はそんなことする必要ないと思うけどね」

再び私の髪を触りながら不思議そうに呟いた瑛庚《エイコウ》様の言葉を大きなため息で一蹴《いっしゅう》

した。

「それで、ここで――」

「淑栄《シューロン》様‼」

元璋《ゲンショウ》様が何か言いかけた瞬間、店の方から叫ぶような声が聞こえてきた。

「おっしゃっていただければ、こちらからお伺いいたしましたのに！ ですが幸運でございます。よい商品が入ったばかりなのでございます。必ずやお気に召していただけると思います」

矢継ぎ早にそうまくしたてた声からは何かを期待するような響きが聞こえてくる。

『よい商品』の部分で少し声が上ずったところを見ると、本当はさほど良い商品は店に入っていないが、そうであるかのように振る舞っているのだろう。

「淑栄《シューロン》様は、こちらのお店よくご利用されるんですか？」

少しぶしつけだと思ったが、聞かずにはいられなかった。

「え？ ええ……」

「はい！ 淑栄《シューロン》様には贔屓《ひいき》にしていただいております。今日は、お知り合いもお連れくださったんですね！ ありがとうございます‼」

店主はどうやら私を淑栄《シューロン》様の友人かなにかと勘違いしたのだろう。

「長い髪が懐かしくなりましてね、時々購入して神殿で着用しておりますの」

小さくため息をつきながら淑栄《シューロン》様は、そう白状した。店主の態度から察するに、おそらく『時々』ではなく、かなりの頻度でこの店を利用しているのだろう。

人毛ということもあり決して安い値段で販売されていない。むしろ高額で取引されているからこそ、貧困層の間では髪をある程度伸ばしたら切って売る、という習慣もあるぐらいだ。そんな高額商品を頻繁に購入しているからこそ、上客として扱われているに違いない。

神に仕える身でありながら髪屋の上客である、という事実を淑栄《シューロン》様は隠したかったのだろう。気まずそうにモゴモゴと言い訳を口にしている。

「今日は知人を紹介したいわけでも新しい商品を購入したいわけでもないのよ」

「とおっしゃりますと？」

店主の声が一瞬にして低くなる。どうやら彼は非常に分かりやすい性格をしているのだろう。

「最近、髪を大量に買った人をご存知ないか、と伺いに参りましたの」

「まぁ大量に髪を買うなら、うちの店でしょうね。うちになくて他の店にある、なんて商品はございませんわな」

髪に強い執着を持つ犯人は決して少量の髪を買わない。ならば都一の髪屋に聞き込みをすればいいという理論なのだろう。

「先週、在庫がないとお伝えしたことを覚えていらっしゃいますか?」

店主は何かを考えるように、ゆっくりとそう切り出した。

「ええ、質の悪い髪、一束しか購入できなかったことがありました」

「はい。淑栄《シューロン》様がいらっしゃる前日に、店を訪れた男が『店にある髪を全部買いたい』って買い占めて行かれました。大量に髪を買った客は、最近ですとその男ぐらいですかね」

「この店にある髪を全部買ったのか? 店頭だけじゃなく壁一面に作られた棚にも髪があるぞ?」

驚きの声を上げたのは瑛庚《エイコウ》様だ。

「え? あ……はい」

突然口を開いた瑛庚《エイコウ》様に店主は驚きを隠せないといった様子だ。おそらく平民の姿に身を包んだ瑛庚《エイコウ》様を従者の一人とでも思っていたのだろう。

「それが誰だか分かるか?」

「そこまでは。その場でお支払いいただきましたし、頭巾《ずきん》を深くかぶっていらっしゃったので誰かまでは――」

高級品を購入する時は現金で取引されることは少ない。帳簿に名前や自宅の場所などを記録し、一年に一度精算するという形をとるのが一般的だ。

「ただ尚書令とこの息子でしょうね」

店主がそう呟いた瞬間「何故、分かるんだ」と畳みかけるように元璋《ゲンショウ》様が質問した。

「妓楼を貸し切って豪遊した話、ご存知かと思いますが……」

こちらも従者と思っていた男が突如、発言したことに驚いたのだろう。店主は少し声を震わせながらそう説明する。おそらく淑栄《シューロン》様の侍女が言っていた『豪遊』の話だろう。

「その次の日に妓楼から大量の髪を『買ってくれないか』って言われたんでさ。もちろん二つ返事で受けましたよ。買い占められた分だけ新たに在庫を仕入れようと思ったら、一月《ひとつき》はかかりますからね」

売りたいという人間が一定数いるものの、それを商品として整えるという行程を考えると決して短期間で集めることはできないのだろう。

「で買い取った商品を見たら、頭巾の男が買い占めて行った髪と同じものでしてね。

おそらくその男の主は、妓楼で髪を使った変わった遊びでもされていたのではないですかね」

なるほど、と私は頷く。おそらく店主が最初に淑栄《シューロン》様に「いい物が入っている」と言った言葉に嘘を感じたのは、こういった背景があるからだろう。

「しかし髪など、みな一緒だろ。違いなど分かるのか？」

「当たり前ですよ！」

半ば怒気を含ませながら、瑛庚《エイコウ》様の疑問に店主が答えた。

「ひとくくりに髪と言いましても質感、髪の癖など千差万別なんですよ。俺は一度見た髪は忘れないんでさ」

自慢げにそう言う店主は、おそらく胸を張っているに違いない。確かに常人にはできない技であるのは確かだ。

「髪を売りに来る客の中で怪しい者はおりませんか？」

気をよくしている店主に私は質問を投げかける。

「怪しい奴ね……」

店主は小さく唸りながら、顎《あご》をひっきりなしに触る。どうやらこれ以上はタダでは話したくないといったところだろうか。

「店主。立ち話もなんだ。髪飾りをいくつか売ってくれないか。値段は気にしないから、一番よいのを見せてくれ」

そう言うと瑛庚《エイコウ》様は私の手を引き、店内へと立ち入る。

「きっと何か思い出せるんじゃないか？」

「あ、ありがとうございます！」

店主は足早に店内に駆け込むと、カチャカチャと何かを用意し始めた。おそらく普段は店頭に出さないような高価な髪飾りを取り出しているのだろう。

「そう言えば──、うちに来た客ではないんですけどね。ここ数日、ここら辺に遊牧民の怪しい奴らが出入りしているんでさ」

「遊牧民──の？」

にわかに瑛庚《エイコウ》様の声が硬くなるが、店主は気付いていないのかさらに言葉を続ける。

「へぇ。宿に泊まってんでしょうね。本人は気付いていないみたいだけど、あれだけ上背がある奴が市場でうろうろしていたら、遊牧民じゃなくても目立ちますわな」

「遊牧民がいると問題か？」

瑛庚《エイコウ》様は声をさらに硬くして絞り出すように、そう囁いた。

「そりゃー、警戒しなきゃならんでしょ。あいつらは気付いたら何でも奪っていきまさぁね」

店主の言うように部族によっては定期的に村を襲い、簒奪《さんだつ》を繰り返すこともある。中には襲った地に留まり征服者として生活する部族もいるらしい。

「そもそも、あいつらの生き方が野蛮《やばん》そのものじゃないですか。家畜と一緒に色々な場所へ転々としながら、それを食って生きてるんですよ」

店主の言葉数が増えるにつれ、瑛庚《エイコウ》様の手が強く握られ始めるのが分かった。半分は遊牧民の血が流れる彼にとって、決して耳当たりの良い言葉ではないだろう。

「そんなに飼っている動物を殺したりしないんですよ」

私は意を決して口を開く。

「そ、そうなんですか？」

「作物を栽培していない遊牧民にとって、家畜は貴重な収入源なんです。家畜を殺して食べるということは資産を減らすことになります。だから彼らは積極的に家畜を殺して食べようとはしません」

ナーダムのような祭典の場合は家畜を捌《さば》くことはあるが、あくまでも特別な時の食事という側面が強いらしい。

「じゃあ、何をあいつらは食べているんですか？　草でも食っているんですか？」

「草……っ」

この段になって瑛庚《エイコウ》様は、わざとらしく大笑いしてみせる。

「乳を食ってるんだよ」

ひとしきり大笑いすると、苦しそうに瑛庚《エイコウ》様はそう言った。

「羊やヤギからとれる乳を加工して食べているんだ。栄養が豊富だからな。ヒツジの毛を売った対価でアワを買っているから食べるものには困らないんだ」

「乳……ですか？」

半信半疑といった様子の店主に私は小さく微笑み頷く。

「酒なんかも羊の乳から作るんですよ。あまり強くはありませんが、飲みやすくて美《お》味《い》しいんです」

説明しているとナーダムの時、浩宇《ハオウー》さんに振舞ってもらった蒸留酒《アルヒ》の味が口の中に広がるような錯覚を感じた。それと同時に「どうだ美味しいだろ」と優しく私に酒を勧めた耀世《ヨウセイ》様が思い出され、胸が少し苦しくなる。

後宮を出た街中ならば、この胸の痛みを忘れられるだろうと思っていたのだが、不意打ちに似た痛みを感じ思わず眉間《みけん》に皺《しわ》が寄る。耀世《ヨウセイ》様は私の元を去った人だ。『もう考えまい』と心に決めたにもかかわらず、彼の影をいたるところに求める自分が悔しかったのかもしれない。

「そ、そういう部族もいるかもしれませんが、最近はメルキト族が勢力を増しているって噂じゃないですか」

メルキト族は浩宇《ハオウー》さんの部族と対立していると、以前瑛庚《エイコウ》様が言っていた部族のことだ。

「特別野蛮で残忍なメルキト族は、部族間での争いが落ち着いたら今度は都を落としに来る。ってみんな言ってますよ」

確かに現在はバラバラの遊牧民だが、その勢力が一つになれば都が持つ兵力に匹敵すると考えても不思議はない。

「だから見知らぬ遊牧民が街をうろうろしていたら、警戒もしまさぁね。へへ、無駄話がすぎましたが、こちらがわが店で一番おすすめの髪飾りになります」

その言葉には嘘はないものの、どこか下心を感じるような響きがあった。

「こちらから翡翠《ひすい》、珊瑚《さんご》、金、銀、真珠をあしらったものになります。どちらも――」

「分かった。それをいただこう」

「真珠の髪飾りでございますね。さすがお目が――」

「違う全部だ」

「五つ全部ですか⁉」

遮るようにそう言った瑛庚《エイコウ》様の言葉に店主の声が裏返る。どれも高価な素材を使っており、決して安い値段ではないのだろう。

飛び上がらんばかりに喜んでいる店主だが、対照的に瑛庚《エイコウ》様は不機嫌そうに、ああ、と頷いた。

「珊瑚、金と真珠のものは淑栄《シューロン》様に、翡翠と銀のものは私が持ち帰る」

「あ……、ありがとうございます。その……お代ですが……」

「これで足りるか」

瑛庚《エイコウ》様は懐から乱暴に金貨を掴むと台の上に勢いよく置いた。その数からするに五つの髪飾りの代金には多すぎる気がしたが店主は、ありがとうございます、と下卑《げび》た笑いと共にその金貨をかき集め店の奥へと素早く下がっていった。

「瑛庚《エイコウ》様……」

「大丈夫だから」

慰めるためにかけようとした言葉を瑛庚《エイコウ》様は素早く遮る。

「いつも悪いのは遊牧民だ」

「見知らぬ者は、それが何であれ恐ろしいものですよ」

淑栄《シューロン》様は小さくため息をつきながらそうおっしゃった。

「髪飾り、ありがとうございます。人目が気になって、なかなか買えなかったんですの。やはり金や真珠は美しゅうございますね。心が癒《いや》されますわ」

神殿の人間が華やかな髪飾りを購入するというのは、人目をはばかるのかもしれない。高価な人毛を買っておきながら、今さら——という気がしないでもないが……。

「先ほどの髪飾り、淑栄《シューロン》様に似合うと思いました故」

瑛庚《エイコウ》様の首の動きから、さほど髪飾りを見ていないだろ……、と思ったが淑栄《シューロン》様は気付いてないのか嬉しそうに、うふふふと笑い声をあげる。

「陛下？　いつでも後宮にはせ参じます故、お呼びくださいね。それでは私、午後のお勤めがございますので失礼させていただきますわ。欣怡《チンイー》、あなたは髪飾りを受け取ってから帰りなさい」

淑栄《シューロン》様は、そう言うと従者である少女からの返答を待たず颯爽《さっそう》と店から立ち去って行った。

「私達も帰りましょうか」

元璋《ゲンショウ》様の遠慮がちな声に私は首を横に振った。

「まだです。おそらく李《リー》将軍の無罪を証明するのは、簡単です」

そう私が断言すると、元璋《ゲンシヨウ》様は私の両肩を抱くようにして「本当か⁉」と叫んだ。

「おい離せ！　蓮香が痛いだろ！」

瑛庚《エイコウ》様は横から乱暴に元璋《ゲンシヨウ》様の腕を払った。その段になりようやく元璋《ゲンシヨウ》様は我を忘れていたことを思い出したのだろう。「すまなかった」と小さく呟き数歩私から慌てて離れた。

「それで蓮香、どういうこと？」

私を急《せ》かす元璋《ゲンシヨウ》様を押しとどめた瑛庚《エイコウ》様だが、彼もまた私の言葉の真意が気になっているのだろう。

「事件を解決するために子脩《シシユウ》様に会わせていただけませんか？」

「尚書令のか？」

瑛庚《エイコウ》様は、小さくうーんと唸る。

「尚書令はな……、次男のことは話したがらないからな」

「子脩《シシユウ》様に会いたいならば、妓楼に行かれてはどうでしょう？」

そう提案したのは店の隅で控えていた従者の少女だった。

「妓楼を貸し切って、という程の豪遊はしていませんが昼から馴染みの妓女の元に入り浸っているという噂ですよ」

「そうなのか！」

この日、元璋《ゲンショウ》様は初めて小躍りせんばかりの声をあげた。

「こんな所に来るなんて無粋な奴らだな」

甘ったるい香の広がる部屋に案内され、最初に投げかけられた言葉はそれだった。少し舌足らずな物言いから察するに、昼間だが子脩《シシュウ》様は既にひどく酔っているに違いない。

「禁軍の副将軍の方らしく――」

妓楼の案内係である老女は、申し訳ないといった様子でそう告げた。

当たり前だが、当初この老女は子脩《シシュウ》様が来店していること自体を明かそうとはしなかった。元璋《ゲンショウ》様が「明かさないならば立ち入り検査をさせてもらおう」と脅したことで、ようやくこうして彼が妓女と遊ぶ客室まで案内してもらえたのだ。

どうやら決して後ろ暗い所がない――という妓楼ではないのだろう。

「禁軍……、なんか用？」

子脩《シシュウ》様は寝台の上で寝そべりながら、ゆっくりと煙管《きせる》をふかす。その手は微かに震えており、カチカチという煙管が歯に小刻みに当たる小さな音が聞こえてきた。

「先日の殺人事件の犯人はあなた様ではございませんか？」

私はゆっくりと寝台の上にいるであろう子脩《シシュウ》様へと近づく。

「ちょ、ちょっと何？　っていうか、お前誰だよ？」

上ずった子脩《シシュウ》様の声から、どうやら図星であるのだろう。昼間から酒浸りで妓楼にこもるという体たらくぶりに呆れていたが、そのおかげで話を簡単に聞き出せるかもしれない。

「まず私が気になりましたのは、貴方様の髪に対する執着心でございます。先日、髪屋で大量の髪をご購入されたのは、貴方様の使いの者ですよね？」

「だから何だよ。別に買ってもいいじゃないか」

てっきり否定されるかと思っただけに、あっさり認められ小さく驚かされる。ただ冷静に考えれば、髪を大量に購入することは何も悪いことではないのは確かだ。

「ええ。とても珍しいことですが、別に悪いことではございません」

問題はその使用方法だ。

「その髪は妓楼を貸し切った宴で使用されたのでございますよね？」

「ああ、そうだよ」

やはり何が悪いといった様子で、子脩《シシユウ》様は頷く。

「従者の方々に女性の格好をさせるために使れたのではございませんか？」

「なっ！」

寝台から勢いよく飛び上がる音が聞こえてくる。知られたくない事実に触れられた——といったところだろう。

「妓楼を貸し切った宴会が終わった後、大量の髪が髪屋へと持ち込まれました。つまり妓楼で使用しても使いきれないほどの量の髪が持ち込まれたということでございます」

おそらく妓楼には髪を扱う店を開けるほど大量の髪が持ち込まれたのだろう。一部は妓楼内でも使用するだろうが、店を開ける程の髪の量だ。処分しかねて髪屋に売却しに行ったのだ。

「妓楼を貸し切って、従者の方々と一緒に普段ははばかられる女装を行われた証拠になりませんか？」

「お、女のくせに——」

「左様でございます」

反論しようとした子脩《シシユウ》様の言葉を遮ったのは、この部屋へ案内してくれた妓楼の老女だった。

「坊ちゃん、『面倒ごとはやめてくださいよ』って常々申していましたよね。金払いはいいから、多少のことには目をつぶっていましたが……妓楼の女を殺した犯人っていうなら別ですよ」

　それは淡々とした口調だが、静かな怒りを帯びているのが伝わってくる。

「そこのお嬢様が仰るように、坊ちゃんは妓楼を貸し切って妓女に男装をさせ、従者の方々に女装をさせていらっしゃいました。持ち込まれた髪や着物で着飾らせる徹底ぶりでしたよ」

　呆れたような口調から、その日の乱痴気騒ぎの規模を察することができた。

「夜遅くまで遊ばれ最後には花火の打ち上げですからね。周辺の妓楼からは苦情も出たんですよ」

「宴会が終わった後、子脩《シシユウ》様はどちらにいらっしゃいましたか？」

　私は静かに子脩《シシユウ》様へと身体を向ける。見えないが、おそらく全身汗をかいているに違いない。甘い香の香りを上書きするように、汗の香りが漂ってきた。

「へ、部屋だ！　馴染みのこいつの部屋にいた‼」

「白蘭《パオラン》そうなのかい？」

寝台の上にいた妓女は案内係の老女がそう促すと、何かを考えるかのように黙り少しするとゆっくりと首を横に振った。

「その日、坊ちゃんは……」

「お前、俺がどれだけ、お前にお金を落としてきたか分かってんのか？」

妓女の胸ぐらを掴むと子脩《シシユウ》様は、叫ぶようにしてそう言った。

「止めておけ」

それを止めたのは瑛庚《エイコウ》様だった。短い言葉だが有無を言わせない響きがあり、あっさりと子脩《シシユウ》様は妓女から引きはがされた。私は白蘭《パオラン》さんの方へ身体を向け、言葉を探す。

「被害者は妓楼で働く女性でした」

私の口から出てきたのは慰めでも同情の言葉でもなく、被害者の女性を語る言葉だった。

「友人が結婚する中、彼女は親に売られて妓楼で働きだしたのだとか。十年以上働かされても借金は減らず、神殿に借金の肩代わりをお願いされていたそうです」

私はゆっくりと被害者の背景について語る。

「今日、遺体を確認しに行きましたが、役人によると頭部を鈍器で殴られ首を絞められ最後まで苦しみながら亡くなったと聞かされました」

「ひどい……」

白蘭《パオラン》さんは言葉を詰まらせ、苦しそうに口元を抑える音が聞こえてきた。

「もう一度、伺います。花火が上がった時刻、子脩《シシユウ》様はこの部屋にいらっしゃったんですか？」

少しの間があった後、ゆっくりと首を横に振る音が聞こえてきた。

「宴会が終わり私が着物を替えている間に、坊ちゃんはいらっしゃらなくなりました。ただ『いない』と報告してしまうと私の給金が付かないので――」

「黙っていたと」

宴会が終わった後は白蘭《パオラン》さんの客として、料金がつけられていたのだろう。客の相手をしなくても給金がもらえるならば、それに越したことはない。黙っていたくなる気持ちも分からなくはない。

それでもその晩のことを話そうと決意したのは、被害者に対する同情心と自分も被害者になったかもしれないという恐怖心が彼女の背中を押したのかもしれない。

「戻ってこられたのは朝方近くでした。戻られるなり『着ていた服を燃やせ』と言われ、すぐに体も洗われて……」

子脩《シシユウ》様が再び妓女へつかみかかろうとするのを、今度は元璋《ゲンシヨウ》様が片腕で遮る。

「その時、持ち帰られたのが、そちらの髪ではないのですか？」

私は寝台の上で、血の匂いを発している何かを指す。彼らの血という可能性もあったが、そこから香ってくる血の匂いは、本当に微かなのだ。おそらく一度綺麗に洗い流されたのかもしれない。

「髪屋のご店主は、髪の違いを見分けられるとおっしゃっています。犯人ではないとおっしゃるならば、遺体に残っている毛髪と、そこの人毛が同じものかどうか見てもらいませんか？」

「女のくせに！」

その怒号と共に私の頬を何かが横切り、背後の壁でガチャンと割れる音がした。おそらく子脩《シシユウ》様は、手元にあった杯か皿を投げつけたのだろう。

「お前！　何を！」

瑛庚《エイコウ》様は尚書令の息子に掴みかかったが、私は片手を上げて大丈夫だと合図をする。

「ああ、俺が犯人だよ！」

子脩《シシユウ》様は私に向かってきそうな勢いでそう叫ぶ。

「お前‼」

「俺は、なりたくてもなれない女が憎くて憎くてしかたないんだよ！」

「それで殺害されたんですか？」

聞き捨てならない言葉だが、あえて聞き流して尋ねる。おそらく彼は『髪』自体ではなく『女の象徴』ともいえる『髪』に執着していたのだろう。それを自分のものにしたい――そんな願望が犯行の動機となっているからこそ、最大の証拠である被害者の髪を処分しなかったのだろう。彼にとってそれは『戦利品』だったのかもしれない。

「何が悪い⁉　男に媚《こび》を売るしか能がない妓楼の女なんて、殺されたって誰も悲しまないだろ。だが俺は違うんだ。尚書令の息子様なんだよ」

「人を殺す理由になってないだろ」

瑛庚《エイコウ》様にバッサリと切り捨てられるも子脩《シシユウ》様は気にした風もなく高笑いする。

「宦官《かんがん》にでもなれば、女に近い存在になれるかと思ったら、父親と兄貴が体裁を気にして許しちゃくれない。女として生きたいなら妓楼で遊べって言われたよ」

彼の遊びの資金源がハッキリし、思わずなるほどと頷いてしまった。実は尚書令が放蕩《ほうとう》息子を放っておく理由が、今一つ分からなかったのだ。

「だが満たされないんだ。女のフリをしてもフリでしかない。大宴会を開いて他の人間にも女装させてみたが、それでは俺の願望は一向に満たされない」

自認する性別と実際の性別が異なる人は一定数存在するといわれている。一致しない性別に苦しみ自死を選ぶ人間もいるのだから、当人からすると決して生半可な問題ではないだろう。

「花火が打ちあがっても全然気持ちは昂《たかぶ》らない。だから俺は妓楼から出たんだ。人気のない路地裏で酔いを醒《さ》ましていたら、あの女と会ったんだよ」

子脩《シシュウ》様はそう言うと、自嘲気味に笑いながら大きく息を吐いた。

「女のくせに『妓楼で働きたくない』『神殿に行くけど本当は結婚したかった』なんて泣きやがった。泣きたいのは俺だよ！」

被害者の女性と路地裏で偶然出会い、身の上話を聞くうちにカッとなり衝動的に殺害に至ったということだろう。

「それで『毛女打敗』の犯行であるかのように見せかけたのでございますね」

「知らねぇよ。従者が『全部なんとかします』って言ってくれたからな。『坊ちゃんは妓楼に帰って風呂に入って全部忘れて寝てください』って……」

将軍が犯行現場で目撃されたというのは、従者が将軍の姿をして人目につきやすいように動いていたのだろう。そして万が一役人が将軍にたどり着かなかった時のために、被害者の髪が切られていたことを利用して市井をにぎわしている『毛女打敗』の犯行も模倣したに違いない。

「続きは坊門で聞かせてもらおう」

泣き叫びながら意味の分からないことをいう尚書令の息子を黙らせたのは、元璋《ゲンシヨウ》様だった。男の腕を取ると引きずるようにして部屋から出て行った。

「さ、夜の営業が始まっちまいますからね。出て行ってくださいよ」

案内係の老女にそう言って部屋を追い出されそうになり、私は慌てて白蘭《パオラン》さんに振り返る。

「白蘭《パオラン》さん、燃やせと言われた服、本当は燃やしてないんですよね」

「えっ？」

呆気にとられたような白蘭《パオラン》さんの声に確信を得て、私は彼女との距離を縮める。

「禁軍の将軍を逮捕するからには、確実な物的証拠が必要です。おそらく返り血がついた着物が将軍の近辺で見付かったのでしょう」

妓楼の界隈で姿を見た――というだけでは、政治的に重要な人物を逮捕するだけの決め手には不十分すぎる。

「子脩《シシユウ》様のお付きの人が『私が処分します』って持ってかれて――。でもそんなことに使われるなんて私……」

泣きそうな声を上げる白蘭《バオラン》さんの肩を抱き、私は優しく「大丈夫ですよ」と声をかける。

「つまり尚書令が黒幕だと――」

瑛庚《エイコウ》様が苦々しそうに口にした推理に私は深く頷く。

「ただ子脩《シシユウ》様は連続殺人事件の犯人ではないとみております」

「どういうことだ？」

素《す》っ頓狂《とんきよう》な声を上げた瑛庚《エイコウ》様に、私は優しく微笑みかける。

「今回の殺人だけ計画性がなさすぎます。もし子脩《シシユウ》様が連続殺人事件の犯人だとして、従者が隠蔽《いんぺい》を毎回行っていたとしても限界があります。現に今回は初めて犯行現場で容疑者らしき人物が目撃されていますが、それ以前は容疑者らしき姿すら目撃されていませんでしたよね」

確かに、と瑛庚《エイコウ》様は小さく唸る。

「おそらく子脩《シシユウ》様が連続殺人を犯していたとしたら、二人目あたりで既に捕まっているのではないでしょうか」

「では、連続殺人事件の犯人は別にいるということか……」

「そうでしょうね。それはそうと――、せっかく犯人も捕まったのですから、褒美《ほうび》に妓楼で遊ばせてくれません？」

私は努めて明るい声を出し、瑛庚《エイコウ》様に『おねだり』をしてみる。

「しかし女の蓮香が……」

狼狽《ろうばい》する瑛庚《エイコウ》様の腕に、自分の腕を絡めてさらにねだる。

「後宮を出るなんて、もうないかもしれませんもの。ね？」

「遊ばせてやりたいが……」

「遊べますよ。いえ、むしろ遊んで行ってくださいな」

案内係の老女が初めて愛想よく私達に声を投げかけた瞬間だった。

妓楼の裏木戸から抜け出し私は夜風で火照った頬を冷やす。

「お酒……。久々に飲んだかも」

『妓楼で遊びたい』という私の無理な願いを『宴会』という形でかなえてくれたのは、案内係の老女だった。瑛庚《エイコウ》様と共に主賓席《しゅひんせき》に座らされ、酒を勧められると断るわけにはいかなかった。

頬に手を当てれば自分の体温が高くなっているのを感じる。おそらく傍目《はため》から見れば顔を真っ赤にしているだろう。見かねたのか案内係の老女が「風に当たられますか?」と小声で助言してくれた程だ。

彼女に案内されて出たのは人気のない路地裏だった。既に夜中に近い時間だったが、妓楼を挟んだ向こうにある大通りから聞こえてくる人々の喧噪が、ここは後宮ではないという事実を思い出させる。

「本当に酔いが醒《さ》めそう」

心地のよい風が頬に吹き付け、思わず私はゆっくりと路地裏を歩いてみる。初めて歩く場所だったが、そんなに遠くまで行かなければ大丈夫だろう……。

ゆっくりだが歩き始めると、さらに頬にあたる夜風が冷たくなり思わず笑顔が漏れる。熱気が立ち込めるような宴会場では感じられなかった爽快感だった。

路地裏ということもあり、私の鼻先をかすめる匂いは決していいものばかりではない。ゴミの匂い、煙草の匂い、排泄物の匂い……、そして薬品の匂い。

「いいご身分ね」

その声と共に強くなった薬品の香りに私は勢いよく振り返り、懐に隠していた懐剣を抜く。

「やはり淑栄《シューロン》様でしたか」

「あら気付いていた——みたいな口ぶりね? 尚書令の息子を捕まえて得意げになっ

ていたくせに」

「真犯人が別にいる、と目星はつけておりました。そして連続殺人事件の影響で、妓女達が一人で路地裏を歩かなくなったことも」

私は少しずつ淑栄《シューロン》様との距離を取りながら後ずさる。真犯人が淑栄《シューロン》様であることは薄々と気付いていた。

彼女が髪屋の店主を紹介したこと、真犯人が子脩《シシュウ》様であることを誘導するような侍女の発言。

だが彼女は元后妃だ。皇帝の寵愛を受けながらも、後宮という策略が張り巡らされた場所で生きてきた人間があっさりと尻尾《しっぽ》を出すとは思えなかったのだ。だから、あえて私を狙うように仕向けたのだ。

「まぁ、真犯人の正体に気づけても、これから死ぬから意味ないいんだけどね」

「これまでの被害者にもその薬をお使いになられたんですか？」

淑栄《シューロン》様が足早に近づこうとしたため、私は懐剣を構え直し牽制《けんせい》しながら尋ねた。

「薬……。よく分かったわね」

感心するように呟いた淑栄《シューロン》様に、私はニコリと笑って見せる。

「人を殺害するのは非常に大変な作業でございます。纏足をされている淑栄《シューロン》様が真犯人ならば、何らかの薬品を使って被害者を眠らせていると考えていました」

その香りは淑栄《シューロン》様と初めて会った時、彼女から薄っすらと漂ってきた香りでもあった。纏足をしているため足を消毒している薬品の匂いかとも思っていたが、強くなったその匂いを嗅ぐことで、その意味がようやく分かった。

「ええ。そうよ。神殿で儀式の時などに使用されている薬なの。一嗅ぎでもしたら、直ぐに眠くなるから痛くないわよ」

何が痛くないだ……と内心で怒りを感じながらも淑栄《シューロン》様が二人の距離を縮めようと再び歩き始めた。おそらくもう話などするつもりもないのだろう。

先ほどとは異なり私へと向かう足音が速くなる。私は慌てて彼女が来る方向とは反対の方向――へ向かって走り出した。懐剣は持っているが、これで相手と戦える自信は全くなく逃げる以外の方法は最初から計算に入れられていなかった。

「どちらへ行かれるんですか？」

走り出した瞬間、淑栄《シューロン》様の従者である欣怡《チンイー》の声が路地から飛び出してきた。

「欣怡《チンイー》、遅かったじゃない」

「だって足音が聞こえたら、蓮香様に警戒されちゃいますもん」

私の耳がいいことをふまえて、音を立てずに待ち伏せされていたことにゾッとさせられる。意外にも二人が計画性をもって私を殺そうとしている事実に気づかされ、背中を冷たいものが流れた。

「この先の大通りで衛兵と瑛庚《エイコウ》様が待っていますよ」

気づかれたか――と私は、内心小さく舌打ちをする。

これは二人をおびき出すための策略だったのだ。私が一人になったところを淑栄《シューロン》様が狙うであろうということも想定済みだった。だからこそ妓楼の老女から「風に当たらないか」という怪しい提案にも素直に従ったのだ。

「本当にできる子ね。やっぱり一緒に行かせて良かったわ」

淑栄《シューロン》様は嬉しそうに笑いながら私との距離を縮める。

「彼女も仲間だったんですか？」

「蓮香……、貴女が言ったのよ？」

淑栄《シューロン》様は、足を止めると馬鹿にしたように高笑いした。

「この纏足された足では殺人なんてできないってね。神殿に相談に来た妓女を眠らせ、刃物で切り裂いて殺して路地裏に捨てたんだけど、その仕事ですら私一人ではできないわ」

「だからこの子を巻き込んだんですか」

声の調子からすると欣怡《チンイー》は十代半ばの少女だろう。仲間に引き入れるのは簡単だろうが、それはあまりにも身勝手すぎる。

「巻き込んだ……のかしら?」

シラを切る淑栄《シューロン》様の言葉を「とんでもございません!」と遮ったのは欣怡《チンイー》だった。

「私がお手伝いさせていただきたいのでございます」

「人を殺すことを?」

私の背後で行く手を阻む少女に批難めいた言葉を投げかけるが、欣怡《チンイー》は鼻で笑い飛ばす。

「何も私達は無差別に人を殺しているわけではございません。彼女達を救っているんですよ」

「救っている?」

言っている言葉の意味が分からず、私は思わず聞き返す。

「ええ、そうです。妓女達は魂の浄化を望んで神殿にやってきますが、汚れた彼女達が神によって救われることはありません。神殿でいくら修行しても意味がないんです」

淑栄《シューロン》様は、過酷な労働環境から妓女を救うと言っていたが、神殿の建前は『魂の浄化』なのだろう。

「だから淑栄《シューロン》様は、妓女が助けを求めに来ると妓楼の主に連絡して連れ帰させていました」

「そんなことしたら……」

逃げ出そうとした妓女を黙って許す楼主がいるだろうか。おそらく戻った先には、より過酷な生活が待っているに違いない。

「そうなんです。だから殺して差し上げたんです。そしたら現世では救われませんが、神の元へ行くことはできます」

「貴女達の勝手な思想で人を殺していたって言うの？」

「本当に勝手だったのかしら？」

淑栄《シューロン》様は小さくため息をつきながら、そう尋ねる。

「なんで私達が捕まらなかったか分かる？　目撃情報が一つも寄せられなかったからよ。目撃したという人がいても、妓楼の主が黙らせてくれた。働かせる側の人間からしたら、私達の存在は有益そのものだったのよ」

「それはそうですけど――」

現に連続殺人犯が現れたおかげで、夜間にむやみに出歩く妓女達の数は減っている。

おそらく妓楼から脱走する妓女の数も減っているに違いない。

「だから真相を掴みかけた貴女を路地裏に誘導したのも妓楼の人間でしょ？」

本来ならば妓楼で遊ぶことを禁じられている女だが、それを特別に許してくれた背景にそんな思惑があったことにゾッとさせられる。

「必要な悪っていうのは、あるものなのよ。それをあの尚書令のバカ息子は身勝手な理由で人を殺し、私達の完璧なまでの犯行にみせかけようとした」

「だから犯人捜しを手伝ってくださったのですね……」

被害者である妓女の遺体と向かい合った時の淑栄《シューロン》様の怒りの理由をようやく理解することができた。あれは「妓女を殺したことに対する怒り」ではなく「完璧なまでの自分の犯行」を穢《けが》されたことに対する怒りだったのだ。

「貴女達は私の思うように動いてくれた。本当に賢い駒《こま》で助かったけど、これで貴女の仕事はお終《しま》いよ」

淑栄《シューロン》様がそう言うと、欣怡《チンイー》は素早く懐剣を持った私の手を掴んだ。もともと行く手を阻まれていたが、完全に逃げられない状況に陥ったことにハッキリと焦りを感じ始めた。

「貴女は初めに会った時から気に食わなかったわ。陛下の寵愛を受けていながら『私はなんとも思っていない』みたいな顔して――あの女……瑛庚《エイコウ》様達の母親にソックリだわ」

そう言いながら淑栄《シユーロン》様は私の口元へ布を押し付ける。嗅ぐまいとするものの自然と鼻の奥に強烈な薬品の匂いが広がり、頭の中がゆっくりと痺《しび》れるのを感じた。

「だから今、とっても嬉しいの」

淑栄《シユーロン》様はそう言うと、私の口元を押さえる手にさらに力を加える。

「蓮香を放せ！」

その声は突如、頭上から降ってきた。意識が遠のきかける中、その声を聴いた瞬間、鼻の奥が痛くなり涙があふれるのを感じた。

「え、瑛庚《エイコウ》様は大通りに……」

慄《おのの》く淑栄《シユーロン》様の声がすると同時に、ズシッと地面に何かが落ちる音がした。おそらく二階か三階から飛び降りたのだろう。

「放せという言葉が、聞こえぬか！」

その瞬間、私の口元を押さえる手がずり落ちるとともに、「ぎゃあああああ」という断末魔が聞こえてきた。顔に飛び散る生温かい液体の感触に何が起きたのかを察することができた。

おそらく淑栄《シユーロン》様の手首が切り落とされたのだろう。

「大丈夫か」

そっと抱き寄せられるが、私は大きくため息をつき「やりすぎですよ」と小さく注意をする。私を助けるにしても他にも色々やりようはあったはずだ。

「だが、蓮香が……」

「衛兵も瑛庚《エイコウ》様もいらっしゃります。ずっと私達を見守ってくださっていたから、ご存知ですよね」

私は苛立ちを隠さずそう尋ねると私を抱きしめていた耀世《ヨウセイ》様は「そうだ」と頷いた。

「淑栄《シユーロン》様は妓女達が羨ましかったみたいだよ」

カビくさい妓楼の一室で、私は瑛庚《エイコウ》様の言葉を聞いていた。衛兵に引き渡された淑栄《シユーロン》様から瑛庚《エイコウ》様が詳しい話を聞いてきてくれたのだ。

「羨ましい？」

とんでもない言い分に私の言葉が自然と荒くなる。

「正二品の后妃で先帝からの寵愛も厚く、後宮を出た後は神殿で自由気ままに過ごしている淑栄《シユーロン》様がですか？」

「その寵愛――が問題だったみたいなんだよね」

「問題？」

もったいぶった口調の瑛庚《エイコウ》様に「早くしろ」と言外で急かす。

「寵愛を受けていたといってもさ、毎晩訪れてもらえる――というより、時々気が向いた時に訪問がある、みたいな関係だったらしいんだよね」

後宮には非常に多くの后妃が存在する。均等にその元を訪れようとするならば、正二品の后妃の元へは『時々』訪れるだけでも良い方に違いない。

「しかも髪が豊かな淑栄《シューロン》様のことを父さんは『毛女』ってからかっていたみたいなんだよね」

髪が豊かな女性の多くは体毛も濃いことが多い。おそらく淑栄《シューロン》様は、先帝から『毛女』と呼ばれることを気にしていたのだろう。

この事件では、被害者の髪が切り取られていたため『毛女打敗』は『我《わたし》』という主語が省略され「毛女を討ち取った」という意味だと思い込んでいたが、実際は『毛女』自体が主語で「毛女が討ち取った」ということだったのかもしれない。

「だからさ、先帝が亡くなって神殿で暮らすようになってさ、制約が増えただろ？　それを『さほど好きでもない男のために全ての楽しみが奪われた』って嘆いていたみたいなんだ」

「それが后妃だろ」

部屋の隅で聞いていた耀世《ヨウセイ》様が苦虫を潰《つぶ》したような声でそうつぶやく。

「まぁ、最初は『后妃だから』って、自分に言い聞かせていたみたいなんだけど、妓女から助けを求められるようになって気持ちに変化があったみたいなんだ。妓女が身勝手だと思うようになったらしい」

「み、身勝手ですか？」

私は再び驚きの声を上げてしまった。彼女は妓楼で働くという意味を知らないのだろうか……。

「そう。楽しそうに暮らしながら、いざとなると神殿に助けを求める妓女は身勝手だ——って怒っていたよ」

「どちらが身勝手だ。その上、蓮香を襲うなど——」

耀世《ヨウセイ》様は苛立ちを隠そうとはせずに、そう吐き捨てると持っていた布袋から酒をあおった。

「でもさ、大して愛されてもいない男に人生振り回されたら、そんな気になるのも仕方ないとは思うよ？」

後宮の寿命は、あくまでもその所有者である皇帝の寿命と同じものとなる。そのため中には後宮に入宮してから三ヶ月で追い出されることになった后妃もいたという。

「そういう側面もありますが……、淑栄《シューロン》様の場合は誤解ではないでしょうか？」

「誤解？」

驚いたように聞き返す瑛庚《エイコウ》様に私は小さく頷く。

「『毛女』は全身を毛でおおわれた妖怪のことです」

「そうだな。だから淑栄《シューロン》様も怒っていたのだろう」

「でも、元々、その『毛女』という妖怪が誕生する前の話があるんです」

私は遠い記憶の中で聞かされた伝説を回顧《かいこ》しながら、ユックリと言葉を選ぶ。

「ある皇帝の御代に、非常に寵愛を受けていた后妃がいたそうです。その后妃は皇帝が亡くなった後、後宮を去り仙女になったそうです」

「普通にいい話だな」

耀世《ヨウセイ》様の言葉に私は、そうだと頷く。

「その仙女は、皇帝を想い悲しみの中暮らしているうちに全身を毛で覆《おお》われてしまったそうです。その仙女を人々は『毛女』と呼ぶようになったと」

あくまでも推測ですが、と私は一度言葉を切り頭の中で並べていた言葉をゆっくりと文章に直し口から紡《つむ》ぐ。

「先帝は淑栄《シユーロン》様のことを『毛女』と呼んでいらっしゃったのは、毛の多さだけでなく気まぐれに訪れても嫌な顔をしない淑栄《シユーロン》様に対する愛おしさを込めていたのではないでしょうか」

正二品は決して身分が低いというわけではないが、後宮で絶対的な地位を確立するためには世継ぎとなる皇子を産まなければならない。そんな淑栄《シユーロン》様を配慮する形で、遠回しに愛情をこめて『毛女』と呼んでいたのではないか。

「誤解の可能性もあるのか……。ま、言葉に出さないと分からないことは多いってことだな」

私の向かいにある長椅子に座っていた瑛庚《エイコウ》様は、そういうと勢いよく立ち上がった。

「俺は李《リー》将軍のこともあるから、ここら辺で戻る。林杏《リンシン》を迎えによこすから、それまで二人でちゃんと話しておけよ」

「いいえ、話すことなどございません。私も——」

一緒に帰ると言いかけ立ち上がった私の肩を掴むと、瑛庚《エイコウ》様は私を長椅子に座らせる。

「いいか、言いたいことを言葉にしないと、妖怪になっちゃうぞ。俺はそんな蓮香は見ていたくない」

本当は耀世《ヨウセイ》様に言いたいことは山ほどある。確かにこれを抱えたまま生きていたら私は人間ではない別の生き物になってしまうかもしれない。

「久しぶりだな」

瑛庚《エイコウ》様が部屋から出て、完全に足音が消えた瞬間、遠慮ぎみに耀世《ヨウセイ》様からその言葉が漏れた。

「お久しぶりです。お元気そうで何よりでございます」

本当は抱きつきたかった。久しぶりに嗅いだ彼の香りを胸の奥まで吸い込みたかったが、それをグッと我慢して私は俯《うつむ》いた。この半月近い時間は二人の間に確実に大きな溝を作っているのを感じた。

「囮《おとり》になるなど、無茶はしてくれるな」

「無茶をなさっているのは耀世《ヨウセイ》様ではございませんか！　暗殺されたふりまでなさって後宮を出て……」

言いたいことは別だった。だが自分のことを棚に上げて『無茶をするな』と言われたたことにカッとなってしまったのだ。

「なぜ耀世《ヨウセイ》様でなければ、ならないのですか？」

私を「好き」だというならば側にいてくれればいいではないか、そんな想いを込めてそう責め立てる。だが耀世《ヨウセイ》様は静かに首を横に振った。

「俺がしなければいけないんだ」

回答になっていない回答に思わず、目頭が熱くなる。自分の想いが全く伝わっていない現実に気が遠くなるような気すらした。

「蓮香は俺がここにいると気付いていたのか」

私は渋々と頷く。髪屋の店主が『上背がある見かけない遊牧民』を見たという時点で、それが耀世《ヨウセイ》様であることは薄々気付いていた。だから路地裏で彼の声が空から降ってきた時もさほど驚きはしなかった。

「李《リー》将軍が捕まったと聞いて少し前から街で情報を集めていたが、なかなか厳しい扱いをされたよ」

自嘲気味に笑いながらそういう耀世《ヨウセイ》様の言葉に嘘はないのだろう。彼と直接関わっていない髪屋の店主ですら、奇妙な者を見るような目で耀世《ヨウセイ》様を見ていた。

「遊牧民が警戒される理由は分かる。この国では遊牧民に自分の村が襲われた人間も少なくないからな」

私が後宮に入る前から大なり小なり、遊牧民による侵略行為が行われていたことは風の噂で聞いていた。そして、その戦いで多くの人が亡くなっているということも。そんな遊牧民族に対して「野蛮だ」という印象を耀世《ヨウセイ》様達に再会するまで抱いたのも事実だ。

「これを俺はなくしたいと思っている」

「遊牧民族に対する偏見を——ですか？」

耀世《ヨウセイ》様は、そうだと深く頷く。

「偏見をなくすためには村を襲うような部族がいてはならない。それには遊牧民を統制する仕組みが必要なんだ」

我が国も一元的に統制する仕組みがあるからこそ、法治国家として成立しているといえるだろう。

「だが今のように様々な部族がいる状態では、それを成し遂げられるのは難しいだろう」

「それならば、それこそ禁軍を動かして——」

私の提案を耀世《ヨウセイ》様は小さく笑って否定する。

「禁軍など国の軍を出して反発している部族を制圧するのは簡単だ。だが、それでは本当の意味での統治にはならない」

確かにこれまでの歴史の中で、遊牧民と我が国が戦を何度も繰り返していたのも事実だ。だが一つの部族を潰すことに成功しても、新しい部族が敵となって現れることの繰り返しとなるため、先帝の時代に和平が結ばれたのだ。

「今でなければいけないのですか？」

何かにすがるように私は、耀世《ヨウセイ》様に訴える。

「遊牧民は、残念ながら戦う民族なんだ。生活のために村を襲うわけじゃない。家畜の育ちが良かったり、商人から購入している食用のアワの値段が安くなったりして、生活が楽になると戦い始めるんだ」

「余った労働力が戦につながっている——ということですか？」

耀世《ヨウセイ》様は少し呆れたように、笑いながら「そうだ」と頷いた。

「だからナーダムがあるのだろ。適度に争う場を設けることで、紫陽国を襲わせないようにしたんだ」

ナーダムの意外な活用法に思わず、なるほどと頷いてしまう。遊牧民が本気を出して技を競い合うために、賞品も豪華なのだろう。

「だが今年は違う。羊の間に謎の伝染病が流行っているんだ。さらにアワの値段は高騰している」

「つまり戦う余力がない――ということでございますか？」

そうだ、と頷いた耀世《ヨウセイ》様は私の両手を握ると「千載一遇なんだ」と熱く語った。

「先日、敵対するメルキト族の長と会談をした。その際、現在捕まっている李《リー》将軍を解放することが条件の一つとして挙げられたんだ」

耀世《ヨウセイ》様が都に戻ってきた理由が分かり、私はなるほどと頷く。

「あと少しなんだ。あと少しで蓮香が皇后になる前に部族を統一できる。蓮香は、ずっと後宮で機を織っていたいのだろ？」

それは私がかつて何度も繰り返した言葉だ。『后妃にはなりたくない』『後宮で機を織っていたい』その言葉が自分に返ってきた事実に気づかされた。

「だから俺は――」

「失礼しまーす」

耀世《ヨウセイ》様の言葉を遮るように、林杏《リンシン》の間の抜けた声が扉の外から投げかけられ、ガラリと扉が開いた。

「蓮香様迎えに来ましたよー。って瑛庚《エイコウ》様？　え？　何でいるんですか？」

いるなら自分で後宮に連れて帰ればいいじゃないか、と言わんばかりの林杏《リンシン》の様子に耀世《ヨウセイ》様は「相変わらずだな」と小さく苦笑しながら立ち上がった。

「林杏《リンシン》が遅いから様子を見に来たんだ。俺は坊門に寄るから、二人は先に帰ってくれ」

耀世《ヨウセイ》様はそう言うと、部屋の隅に置いてあった椅子から立ち上がった。

「文を下さい」

もしかしたら、こうして会えるのは最後かもしれないと私は思わず叫んでいた。

「文……？」

不思議そうに首を傾げたのは耀世《ヨウセイ》様だけではなかった。

「後宮で毎晩のように会っているのに、文なんているんですか？」

「それでもです。お願いします」

私は林杏《リンシン》の言葉を無視して強く耀世《ヨウセイ》様に訴える。その強い思いが伝わったのだろう。

少しすると耀世《ヨウセイ》様は小さく笑った。

「考えたこともなかったが、文か……。必ず書くよ」

そう言うと耀世《ヨウセイ》様は颯爽《さっそう》と部屋から出て行った。部屋に残された彼の龍涎香《りゅうぜんこう》の匂いを抱きしめながら私は、こぼれそうになる涙を抑えるので精いっぱいだった。

◇◇◇

東の空が薄っすらと色づき始めた頃、宮付きの宮女らがバタバタと走り回る音を聞き、薇喩《ビユ》は不機嫌さを露わにしながら筆をゆっくりと置いた。

事前に起こりうることを想定して準備しておけばいいのだ、心の中で宮女らの愚鈍さを馬鹿にしながらも、あえて口に出すことはしなかった。自分が不機嫌そうに黙っているだけで、宮女らにとっては大きな圧力になることを彼女は知っていたからだ。

「び、薇喩《ビユ》様、大変でございます！」

宮女の一人が肩で息をしながらそう言って薇喩《ビユ》の部屋へ駆け込んできた。

「何じゃ。夜中に騒がしい」

不機嫌さを隠そうとせず薇喩《ビユ》はゆっくりと聞き返す。どうせ大したことのない問題だろうと、ゆっくりと引き出しの中から煙管《きせる》を取り出す。

「陛下が……、陛下がお渡りになります！」

宮女が煙管に火をつけるのを静かに待っていた薇喩《ビユ》だが、次の瞬間その煙管を床に落とした。煙管の中に詰められていた煙草の葉が床へ散らばり、部屋には煙草の香りが勢いよく広がる。

「陛下が？」

瑛庚《エイコウ》は十人の后妃の間を順に回っていたこともあり、皇后である薇喩《ビユ》の元にも月に三回も訪れれば多い方だった。だが蓮香が現れ、その頻度は月に一度、いや二月に一度訪れれば多いという状況に変わっていった。

特に耀世《ヨウセイ》が後宮を出てから、瑛庚《エイコウ》は日中も蓮香を訪れるようになり、薇喩《ビユ》はこの一月、瑛庚《エイコウ》の顔すらも満足に見ていなかった。

「しかし、もう朝じゃ」

薇喩《ビユ》は確認するように窓の外に視線を向ける。そこには先ほどよりもさらに明るくなった空が広がっており、にわかに宮女の言葉が信じられなくなってきた。

「陛下は一刻前に後宮にお戻りになられて、そのままお休みになられると思っていたのですが『薇喩《ビユ》の元へ行く』と仰られて――」

「今、陛下はどこに？」

薇喩《ビユ》は無言で床の煙草を片付けるように指示すると、素早く鏡の前に座り紅をサッと引く。彼女が瑛庚《エイコウ》を迎えるためにしなければいけない準備は、これだけだった。来ないとは分かっていながらも、何時でも瑛庚《エイコウ》が訪れても良いように準備していたのだ。

「皇后宮に続く廊下を渡られる頃だと思います」

入口の方を何度も確認しながら、そう報告した宮女に薇喩《ビユ》は「慌てるではない」と落ち着いた調子で言い放つ。

「そなたは茶の用意をなさい。あと――、陛下がお好きな馬乳酒《アイラグ》もいつでも出せるように」

「は、はい！」

そう言って部屋から逃げ出すように出て行った宮女の背中を見送りながら薇喩《ビユ》は品の良い笑みを浮かべた。自分の準備が久々に役立ったことに満足していたのだ。

「起きていたのか？」

部屋に入ると定位置でもある長椅子に瑛庚《エイコウ》は、勢いよく身を投げ出す。

「お休みにならなくてもよろしいのですか？」

起きていたという返答の代わりに、薇喩《ビユ》は瑛庚《エイコウ》の隣に座り、そう尋ねた。

「お前の宮だけ灯りが灯っていたからな」

見ていたのか、と唖然《あぜん》としながらも嬉しさがこみあげていた。薇喩《ビユ》は顔が緩まないように慌てて顔に力を込める。

「今日中にやっておきたい政務がございました故」

淡々とそう言ってから、薇喩《ビユ》は小さく『なんと私は可愛くないのだろう』と後悔する。言いたいことはもっと別にあったが、それを口にすることは彼女の立場が許さなかった。

「心配していたんだろ？」

瑛庚《エイコウ》は、そんな薇喩《ビユ》に疲れた笑みを浮かべる。朝から晩まで犯人捜しのために駆けずりまわっていたのだから、疲れない方が不思議だ。

そんな瑛庚《エイコウ》には妙に色気があり薇喩《ビユ》は思わず赤面しながら俯いた。

「でも、きっとこれで最後だ」

「最後？」

薇喩《ビユ》はゆっくり瑛庚《エイコウ》の座る長椅子の端に座りながら、その言葉を聞き返した。

「街で耀世《ヨウセイ》に会ってね。話を聞いたら遊牧民族統一も時間の問題みたいなんだ」

「それは――」

よろしゅうございました、という言葉を言いかけて薇喩《ビユ》は言葉に詰まる。遊牧民族の統一が実現し、耀世《ヨウセイ》が後宮に戻ってくるということは、同時に瑛庚《エイコウ》が後宮を去ることを意味していたからだ。

「お前は分かりづらいからな。耀世《ヨウセイ》と上手くやれよ」

難しそうな表情を浮かべ俯く薇喩《ビユ》の髪にサッと手を伸ばし、瑛庚《エイコウ》は小さく笑う。

「こんな明け方まで俺を待って起きているくせに『政務をしていた』なんて強がって

いたら、耀世《ヨウセイ》はお前の優しさに気付かないぞ」

『優しさ』という言葉に薇喩《ビユ》は思わず、カッとなり首を横に振る。

「優しさなんかではございません！」

「違うのか？」

飄々《ひょうひょう》とした瑛庚《エイコウ》をキッと睨みながら薇喩《ビユ》は小さく頷く。

「瑛庚《エイコウ》様だから――」

お待ちしていた、その言葉を飲み込み薇喩《ビユ》はハッとして口元を扇で覆う。少女のような仕草の薇喩《ビユ》に瑛庚《エイコウ》は「大丈夫だ」と優しく微笑む。

「皇后という立場ではなかったとしても、後宮にはお前が必要だ。きっと耀世《ヨウセイ》も分かっている」

瑛庚《エイコウ》は、そう言って大きな欠伸《あくび》をして長椅子の上で腕を伸ばす。何か大きな仕事をやり遂げたかのような瑛庚《エイコウ》の姿に薇喩《ビユ》の胸は静かに締め付けられた。

「瑛庚《エイコウ》様は、本当にそれで宜《よろ》しいのでございますか？」

何をだ？　という表情の瑛庚《エイコウ》に薇喩《ビユ》は言葉を続けた。

「皇帝のことも蓮香のことでもでございます。あんなに大切にされていたのに、そんなに簡単に手放されてしまうのでございますか？」

珍しく感情的に訴える薇喩《ビユ》に瑛庚《エイコウ》は、そうだな……、と言葉を選ぶ。

「宰相にも言ったけどさ、蓮香を大切には思っているけど、それと同じぐらい耀世《ヨウセイ》のことも大切なんだ」

瑛庚《エイコウ》は、フラフラと長椅子から立ちあがるとゆっくりと窓辺に立ち、蓮香が戻ったであろう淑妃宮《しゆくひぐう》へと視線を送る。

「二人が幸せになってくれるのが俺にとっての一番の幸せなんだよ。で、冷静に考えたら俺がいなくなった方がいいんだろうな――ってのが結論だ」

普段は見せない寂し気な瑛庚《エイコウ》の背中は、薇喩《ビユ》には何時もより少し小さく見えた。

「私も一緒に連れて行ってはいただけませぬか」

それは薇喩《ビユ》にとっての一世一代の告白だった。国のために紫陽国に嫁いでから一度たりとも彼女は自分の感情を優先することはなかった。后妃が何人入れ替わろうが自分の伴侶が宮女を愛そうが、呪《のろ》いによって我が子を殺されても彼女は決して個人的な感情を理由として動くことはなかった。

それは後宮の主である瑛庚《エイコウ》が、誰よりもよく知っていることでもあった。だからこそ、この告白には誰よりも驚いていた。少しして薇喩《ビユ》から向けられる真剣な眼差しに嘘がないことを感じ小さくため息をつく。

「ありがとうな……。考えておくよ」

それは薇喩《ビユ》にとっては、遠回しな断りの言葉以外の何物でもなかった。瞬時に目頭が熱くなるのを感じたが、それでも涙を流すことは彼女の矜持《きようじ》が許さなかった。ゆっくりと昇る朝日を受け、寂《さび》しそうな笑みを浮かべる瑛庚《エイコウ》に、薇喩《ビユ》は深く息を吸いながら「よろしくお願い致します」と小さく呟いた。

第三章　乾く間もなし文字と才

「飛燕《ヒエン》が大変だ！」

その晩、私の部屋を訪れた瑛庚《エイコウ》様は開口一番にそう言った。こうして問題が持ち込まれるのは、最近では日常になっておりさほど驚かなくなっていた。

「飛燕《ヒエン》様……。妹君にあたられる公主様でございますよね」

皇帝である瑛庚《エイコウ》様にとって、きょうだいは非常に多く存在する。公式に知られている数だけでも四十五人はいる。男子の場合、基本的に継承権一位である皇太子以外は成人した時点で後宮を出て、地方の領主となる。一方、女子の場合は成人しても後宮に残ることも可能だが、多くの場合それ以前に有力貴族や隣国に嫁ぐ。

「そう！　すごい元気な奴でさ。きょうだいの中でも結構、仲よかったんだよ」

後継者争いになりうる男兄弟とは異なり、妹となると良好な関係を築くことができていたのだろう。

「飛燕《ヒエン》様は、陛下が即位する前にご結婚されていますよね？」

「そうそう！　遊牧民の族長の息子と結婚したんだけど、父さんから北方の領地をもらったこともあって定住して生活しているんだ。でも三年前に夫を亡くして、今は飛《ヒ》燕《エン》が領地を治めている」

「公主様自らがですか？」

私は思わず驚きの声をあげてしまう。

何故なら我が国では、女子は領地を治めることが許されていないからだ。たとえ元夫が領主だったとしても。

「特例で法を作ってやろうかと思ったんだけど、飛燕《ヒエン》から『アホなことはするな』とたしなめられたよ」

確かに法を作ることは皇帝である瑛庚《エイコウ》様には難しくはないかもしれないが、それに伴い大きな反発が生まれるに違いない。

「義理の弟さんと再婚されたのですか？」

個人的な感情からすれば、夫が亡くなったからその弟と結婚するというのは気分の良い話ではない。ただ領地を存続させるという方法としては、一番良い方法であり特に遊牧民族の間では慣習化されている行為でもある。

「それがさ舅《しゅうと》が大反対したらしい。『あいつはダメだ』って」

「素行が悪い方だったんですか？」

公主が他の誰かと再婚しては、自分達が追い出されるような立場になる。それこそ舅の立場からすれば、最初に勧めそうな案のような気がする。

「違うんだよ。なんでも本ばっかり読んでいる奴らしくて『我が一族の族長にはふさわしくない』って大反対したらしい」

本ばかり読む勤勉な青年――と受け取られないのは、価値観の大きな違いなのだろう。

「じゃあ、どうすんだろう……って思ったら、その舅を領主に立てて実質的に飛燕《ヒエン》が統治しているらしい」

「聡明《そうめい》な方なんですね」

私がそう言うと、瑛庚《エイコウ》様は嬉しそうに「そうだ」と頷いた。どうやら瑛庚《エイコウ》様は飛燕《ヒエン》様を目に入れても痛くないほど、可愛がっているのだろう。

「その飛燕《ヒエン》様が大変なのですか？」

「あ、そうそう！」

思い出したかのように瑛庚《エイコウ》様は懐から何かを取り出した。音からするに巻物のような物だろうか……。

「『助けて欲しい』っていう書簡が来たんだ。なんでも義弟……、亡くなった夫の弟なんだけど、こいつがある事件の容疑者として逮捕されたんだ」

「まぁ……。公主様の立場が危うくなるというわけですね」

瑛庚《エイコウ》様は、神妙な様子で「そうだ」と頷いた。

おそらく義弟が大きな事件の犯人となると、その父親が失脚させられ飛燕《ヒエン》様が実質的な統治を行えなくなるのだろう。

「二年前ぐらいから飛燕《ヒエン》のやり方に気付いた中央の貴族派が、横やりを入れていてね。昨年は正攻法で『女が統治を実質的に行うのはおかしい』と進言されたりしたんだ。勿論だけど耀世《ヨウセイ》は頑として聞き入れなかったけどね」

つまり単純に事件が起きただけでなく、政治的思惑なども交差するため瑛庚《エイコウ》様に飛《ヒ》燕《エン》様は助けを求めたのだろう。

「で、どんな事件なんですか？」

「家畜が殺される事件なんだ」

「家畜ですか？」

殺人事件かなにかを想像していただけに私は思わず首を傾げる。

「あぁ、ごめんごめん。説明が足りなかった。何て言ったらいいかな……。多くの家畜は食べられるのが普通だよね」

家畜は搾乳《さくにゅう》、子供を産む、毛を収穫する、など様々な役割もあるが、最終的に食料となるのが一般的だ。

「でもさ、それって正しいやり方で処理しないと、食べることはできないんだ。例えば血抜きをして直ぐに水にさらさないと肉に血の匂いが移って食べられたもんじゃない」

「そうだったんですね」

初めて知る事実に、思わず感心の声を上げてしまう。私が子供の頃過ごした村では、ほぼ自給自足の生活だったが食卓に肉が並ぶことはほとんどなかったため、同時に『動物を捌く』という行為も経験したことがなかった。

「今回もさ、直ぐに正しい処理をしなかったから食料にすることができなかったんだ。肉を盗む——っていうなら百歩譲って分かるんだけど、今回は家畜の内臓がそこら辺にバラまかれて、肉もそのままにされている。完全に犯行を楽しんでいると俺は思う」

犯人の趣味の悪さに思わず眉間に皺が寄る。

「しかもさ、飛燕《ヒエン》の領民は家畜を飼って生活しているから、一頭殺されるだけでも大きな痛手なんだよ」

「もしかして一回だけ……ではないのですか？」

瑛庚《エイコウ》様は「よく分かったな」と嬉しそうに自分の膝《ひざ》をポンっとたたいた。

「一回だけじゃない。羊やヤギがこれまで八頭、殺されている」

「八頭……。かなりの数ですね。一つのご家庭を狙った……というわけではないんですよね？」

もし一つの家庭を狙った犯行ならば犯行の動機に怨恨《エンコン》が挙げられるが、おそらくそういうわけではないのだろう。

「ああ、色々な家が狙われているみたいだ」

「ちなみに狼《おおかみ》やキツネによる犯行、というわけではないんですか？」

家畜が狼やキツネに襲われることは、よくあることだ。私が住んでいた村でも鶏などの家畜がキツネによく襲われるので、家畜を管理する人間の主な仕事はキツネとの闘いだった気がする。

「最初は、その可能性を疑ったらしいんだが鋭利な刃物で腹部が切られていたんだ。食べたり持ち帰った跡もない。だから人間による犯行だろうってなったらしい」

キツネや狼にも鋭い牙《きば》はあるが、どうしても刃物で切ったような綺麗な断面を作ることはできない。

「しかし何故、義弟様が犯人として捕まったのでしょうか？」

領主の息子である義弟は、いわゆる特権階級にあたる人間だ。余程のことがなければ逮捕もされないだろうし、そもそも捜査対象とされにくい。

「実は『義弟が犯人だ』という怪文書が出回ったんだ」

「怪文書……」

途端に今回の事件から、きな臭さが感じられ始めた。中央の貴族派によって仕組まれた冤罪《えんざい》事件という可能性もありそうだ。

「まぁ、普通、怪文書ごときじゃ捕まらないと思うんだけどさ、噂が大きくなったらしくて、それを否定するために飛燕《ヒエン》は義弟の自室を調べさせたらしい。そしたら血のついた漢服《かんふく》が出てきたんだ」

「決定的な証拠ですね……。ですが、本人は否定されているんですよね？」

「そうなんだよ。『誰かにハメられた』の一点張りらしい。で、それを延々と知人に書簡で訴えたらしいんだよね。獄中の生活がいかに過酷かとか、遊牧民は差別されているとか……」

獄中の生活は『快適』とは程遠いのが一般的だ。特に地方の獄舎となると、設備が整っていない可能性も高い。

「それをその知人とやらが、何を考えたのか本にまとめて出版したんだよ。飛燕《ヒエン》としては、内密に処理をしたかったみたいなんだが、この本のせいで事件が公になってね。飛燕《ヒエン》も、どうにもならなくなって助けて欲しいと連絡を寄こしてきたみたいなんだ」

「まぁ……」

事件をもみ消すことができれば、飛燕《ヒエン》様にとっては犯人が義弟でも冤罪でもどちらでもよかったのかもしれない。人が死んでいるわけではないので、それ相応の対価が支払われれば多くの人は被害届を取り下げるだろう。おそらく飛燕《ヒエン》様も裏で家畜の持ち主達に金を握らせる準備はしていたが、それよりも先に本が出てしまったに違いない。

「というわけで、明日、飛燕《ヒエン》の所に行くことにしたから一緒に来てくれないか？」

「あ、明日ですか⁉」

突然の提案に私は思わず声を張り上げてしまう。

「こういうのは早く解決しておきたいだろ」

「無実の罪で収監されている方のことを思えばその通りですが、私の予定も少しは考慮していただけないでしょうか」

瑛庚《エイコウ》様がいるであろう方向を睨みながら、そう言うと快活な笑い声が返ってきた。

「大丈夫だ。尚儀《しょうぎ》局長には話を通してある。帯の納期も延ばしてもらえるようにしたよ」

ぬかりはない、と自慢げにそう言われ私は大きくため息をつくしかなかった。


「こちらが問題の一冊でございますね」

私は軒車《けんしゃ》に揺られながら手渡された一冊の本の表紙にゆっくり手を這《は》わせる。ゆっくりと頁をめくってみる。決して質がいい紙ではないが自作した本というわけではなく、ちゃんとした職人が作ったものであるのが伝わってくる。

「でも……、ずいぶん早く出来上がったものですね」

「え？」

瑛庚《エイコウ》様に本を返しながら私はそう尋ねた。

「普通、本は一年以上かけて作られます。一つ一つが手書きですからね」

「なるほど……。逮捕されて数か月、この間に本が出来上がるというのは早すぎるな」

私は、ええと頷きながら、少し思考をめぐらす。

「どうせなら、俺が読んでやろう」

「瑛庚《エイコウ》様がですか？」

目が見えないため、普段は林杏《リンシン》や依依《イーイー》がよく本を読んでくれる。しかし、瑛庚《エイコウ》様に読んでもらえるとは思ってもいなかったので、驚きの声をあげてしまった。

「いや、俺だって本ぐらい読めるよ」

「それはそうですけど……」

瑛庚《エイコウ》様が本を読めるのはよく分かっているが、『皇帝である彼に朗読してもらう』という事実に驚きを隠せずにいた。もし、ここが後宮ならば瑛庚《エイコウ》様付きの宮女が飛んできて「私が読みます」と言って譲らなかっただろう。

「じゃあ、読むね」

瑛庚《エイコウ》様は楽しそうに、そう言うとゆっくりと本を開きよく通る声でその獄中記を読み始めた。

「こうして私は絶望の淵《ふち》に立たされたことに気付いたのだが、この段になりようやく恐怖という感情が自分の中に生まれたことを知った。絶望の淵にいるという感覚が怖いのではなく絶望のさらなる先に存在する深淵《しんえん》の実態に触れることができないという感覚こそが私の恐怖となるのだ」

「ちょ、ちょっと待ってください。それ本当に本に書いてあるんですか？」

私は耳を疑いたくなるような内容に思わず、瑛庚《エイコウ》様の朗読を遮ってしまった。てっきり「○月○日、逮捕される。私はやっていない」というような単調な獄中記を期待していたのだが、明らかにそれとはかけ離れた内容だった。

「ね、面白いだろ？　だから結構、都でも話題になっているんだ」

「そう……ですが……」

奇抜で面白いと言えば面白いが、正直読みにくく何を言っているのか理解するのに時間がかかりそうな文章だった。それでいて、さっきの長文をまとめると結局のところ単に「怖い」ということではないか。もどかしさに背中がむず痒《かゆ》くなる気がしたが、瑛庚《エイコウ》様はそうではないらしい。一つ一つの文字をかみしめるように楽しそうに朗読している。だが少しすると「そうだ」と朗読する声を止めて、本から顔を上げる。

「獄中に行く途中に、この本を作った本屋があるんだが、寄っていかないか？」

そう言った瑛庚《エイコウ》様の声音は妹のために真犯人を捕らえんとする兄のものではなく、完全に本の愛読者のそれだ。どうやら相当この本が気に入っているのだろう。軒車の御者に行先を指示すると、再び楽しそうに朗読を始めた。

そんな瑛庚《エイコウ》様の声を聞き流しながら私は、静かに事件について思案することにした。

本屋を訪ねると私達は広々とした応接室に案内された。埃《ほこり》っぽい匂いがすることから、普段はあまり使われていない部屋なのだろう。少しすると廊下を転げるようにして走ってくる足音が聞こえてきた。

扉が開いた瞬間、足音の持ち主は「お待たせして申し訳ございません‼　私が本屋の店主でございます」と床に頭をこすりつけながら、私達を出迎えてくれた。

さすがに「皇帝」としては問題があるので「飛燕《ヒエン》の親戚」と瑛庚《エイコウ》様は名乗ったのだ。だが冷静に考えてみれば皇帝の妹の親戚ならば、その人も身分が高い人物という可能性は高い。

「この本、面白くてな。凄いな。こんなの書くなんて」

瑛庚《エイコウ》様は立つように手で合図をするが、店主は頑なに頭を床につけたままだ。

「あ、ありがたき幸せでございます」

店主は何か言葉を発する度に、床に額をこすりつける音がゴリゴリと伝わってくる。あまりにもその音がハッキリとしているので店主の額から血が出るのではないかと少し心配になってきた。

「この本の編纂《へんさん》に携わったのは誰だ？　その者に会いたいんだが」

「は、はい！　直ぐに」

店主は再び転げるようにして部屋から立ち去っていった。

「私がユル様の本を担当させていただきました俊熙《ジュンシー》です」

少しして店主の代わりに戻ってきた男は店主と異なり、落ち着いた様子でそう名乗った。

「私は瑛庚《エイコウ》、こっちは妻の蓮香だ」

「つ⁉」

私は思わず抗議の声を上げかけるが、瑛庚《エイコウ》様は「まぁまぁ」と私の手を優しくたたいた。もう少し文句を言いたかったが、俊熙《ジュンシー》さんから話を聞くことを優先しなければいけないことをにわかに思い出し、グッと堪《こら》える。

「これ、すごい面白かったよ」

瑛庚《エイコウ》様は軒車の中で朗読していた本を俊熙《ジュンシー》さんとの間にある机の上にゆっくりと置いた。

「ありがとうございます。元々、ユル様は文才をお持ちだったのですが本を出すことをお父上が反対されていたんです。ですが、今回の獄中記ならば無罪を訴える手段になりますので、反対を押し切って本にいたしました」

「本を書くことを反対されていたんですか？」

私は思わず尋ねてしまった。

「私は遊牧民族ではないので正確なところは分かりかねるのですが、遊牧民族はどちらかというと、いかに上手く馬を乗り回し弓を射れるか……、というところがありますからね」

俊熙《ジュンシー》さんは、少し困ったようにそう呟く。

「特に亡くなられた前領主様は豪気溢《ごうきあふ》れる方でしたから、その弟であるユル様にもやはりそうあって欲しいと領主様は思われていたのではないでしょうか」

おそらく領主は次男のユル様が次期領主になれるよう、周囲に遊牧民族らしい豪気な印象を与えたかったのだろう。

「これまでも何度かユル様は原稿を持ち込んでくださっていましたが、ようやく本にすることができました」

「それで早かったんですね」

私の指摘に俊熙《ジュンシー》さんは「え？」と微かに声を震わせた。

「製本に驚く程時間がかかっていなかったので、一通目の手紙が来た時点から本を出すことを決めていらっしゃったのかな……と」

「あぁ、よくお気づきになりましたね。その通りです」

俊熙《ジュンシー》さんは、少し照れたように笑いながら私の推理を肯定してくれた。

「ユル様が逮捕された時にお願いしたんです。『獄中から書簡《しょかん》を出してください』ってね」

「ああ、それは英断だった。おかげで、こんな素晴らしい本が読めるわけだからな」

瑛庚《エイコウ》様はひとしきり感心してから、ゆっくりと立ち上がった。

「忙しい中、邪魔して悪かったな。蓮香、行こう」

「あ、あの！　ぶしつけなお願いではございますが、ユル様をお助けいただけませんでしょうか！」

部屋から出ようとした瑛庚《エイコウ》様に、すがりつくようにして俊熙《ジュンシー》さんはそう言った。

「というと？」

「ユル様は無罪でございます。怪文書が出回ったせいで逮捕されただけでございます。どうか、どうかお助けくださいませ」

今にも泣きそうな俊熙《ジュンシー》さんに瑛庚《エイコウ》様は、快活に笑い声をあげた。

「それをするために、ここに来たんだ。これからユルに面会しにいくんだが、お前も行くか？」

「いいんですか？　お願いします」

俊熙《ジュンシー》さんは、勢いよく頭を下げる。

「さ、蓮香、行くぞ」

瑛庚《エイコウ》様の思い付きで練り上げられた行動計画に、私は力なくうなずくしかなかった。


本屋から軒車で一刻もしない場所に、ユル様が収監されているという獄舎があった。

私が入った後宮の牢とは異なり土臭い壁の匂いを打ち消すような強烈な悪臭が漂っていた。おそらく私の予想通りまともな設備が整っていないのだろう。

「すぐにユル様をお連れします」

役人は私達を応接室に残すと、そう言って走り去っていった。

「そういえば、怪文書書の内容もなかなか面白いんだ。『罪なき子ヤギの命を奪いし、罪深き犯人は他の誰でもない。領主の息子であるユルなのだ』」

そう読み上げられた怪文書に私は微かに違和感を覚える。

「まだあるぞ」

「まだ、あるんですか？」

「そうだ。事件の度に何十種類もの怪文書が周辺の家に撒《ま》かれたんだ。集めさせるのも大変だったんだぞ」

瑛庚《エイコウ》様は、そう言って私に十数枚はあるであろう紙の束を渡した。

「これがきっかけとなって、ユル様が捕まったんですよね」

「そうだ。だが、私は何もしていない！」

扉の向こうから叫ぶような声が聞こえてきた。少しすると衛兵に両脇を抱えられて誰かが入ってくる。おそらく彼が飛燕《ヒエン》様の義弟・ユル様なのだろう。

「ユル！　久しぶりだな」

「え、え？」

ユル様は瑛庚《エイコウ》様の姿を認めると、驚きを隠せないといった様子だ。役人達にも瑛庚《エイコウ》様は「飛燕《ヒエン》の縁者である」としか伝えていないので、ユル様にも「親戚が来た」とだけ伝えられていたのだろう。

「か、かような場所にどうして」

「何、そなたの獄中記を読んでな。窮地《きゅうち》を救ってやろうと思ってきたんだ」

飛燕《ヒエン》様に呼ばれた――という流れを省略するあたりは、瑛庚《エイコウ》様らしい気がした。

「あ、ありがとうございます」

ユル様は涙を流しながら、跪いて頭を下げた。確かに皇帝がわざわざ自分を助けるために来るという事実は、心細い獄中生活においては涙に値するだろう。少し演技がかったその様子は獄中記を書いた彼らしい気もし、私の中でゲンナリとした気持ちが広がっていく。

「口を挟むようで申し訳ないのですが、怪文書にユル様はお心当たりはございませんか？」

私は瑛庚《エイコウ》様が渡してくれた怪文書の一枚をユル様に差し出す。

「え……と」

私から怪文書を受け取ったユル様に、瑛庚《エイコウ》様は「おいおい」と驚きの声を上げた。

「そんなに紙に顔を押し付けるようにして読むとは、ずいぶん目が悪いんだな」

「ははは、そうなんですよ。本の読みすぎですかね。気付いたら目が悪くなって……。特にここ日差しが入らないんで、こうしないとよく見えなくて」

確かに頬に当たる日差しは弱いため、光らしい光は入り込まないのだろう。怪文書が大きな文字で書かれているのでないのであれば、目が悪いユル様が紙を押し付けるようにして読まなければならないのは自然だろう。

その時、私の中で生まれていた違和感が一つに繋《つな》がるのを感じた。

「瑛庚《エイコウ》様。私、犯人が分かりました」

「ほ、本当ですか！」

そう叫んだのは俊熙《ジユンシー》さんだった。

「今回の事件の発端となったのは怪文書です」

「まぁ、それがなかったら、ユルの自宅を捜索などもしなかったわけだからな」

「これを書かれたのは、ユル様ですよね？」

私は怪文書の一枚を手に取り、ユル様に再び渡す。

「この長々として独特な言い回しの文章。普通の人では書けませんよ」

「なるほど――」

何かを考えるように瑛庚《エイコウ》様は机の上に置いてある怪文書を手に取る。

「おそらく事件が起こり、何らかの文章を公表されたかったのではないでしょうか。ただ犯人を第三者にしてしまうと、迷惑がかかるから自分の名前を出したところ、捕らえられた――」

違いますか、と言わんばかりにユル様に向かって優しく微笑みかけてみる。

「そ……そうです。自分の書いた文章を誰かが読んでくれて、それが街で話題になるのが嬉しかった。ついつい事件が起こる度に色々な種類の怪文書を作ってしまい……」

ユル様は項垂《うなだ》れるように、そう言って呟くが少しして勢いよく顔を上げた。

「だが俺はこれでも遊牧民だ！　家畜の命を無駄にするような犯罪などやっていない‼」

「そうでしょうね」

私は深く頷きながら、ユル様の言葉を肯定する。

「今の流れでいくと、ユルが犯人ではないのか？」

瑛庚《エイコウ》様は不思議そうに聞き返す。

「ユル様が犯人である有力証拠であるのが、自宅から見つかったという血の付いた漢服でございます」

「犯行時に着用したものではないか、というやつだな」

「ええ。この地域は元々、紫陽国の人間が治めておりました。それ故、遊牧民の一族の方々以外は漢服を着用されることが多いと聞きます。しかし遊牧民であるユル様にとっては胡服《こふく》の方が動きやすくありませんか？」

遊牧民族の着物を変形させて作られた胡服。漢服と比べると簡素なつくりだが、機動性に富んでいる。

「普段は漢服かもしれませんが、もし何か作業――例えば家畜を処分する作業をされるならば胡服を着用されるはずです」

「つまり自宅から見つかるならば『血が付いた胡服』ということか」

「おそらく真犯人は漢服を日常的に着用している人物であるため、その違和感に気付かなかったのでしょう。そして罪を着せるためにユル様の部屋に漢服を置いていったに違いありません」

瑛庚《エイコウ》様は考えるように、うーん、と唸る。

「だが、ユルがたまたま漢服を着ていたのかもしれない」

「そうですね。ですが、そもそもユル様は犯行を犯すことができないんです」

「ん？　どういうことだ⁉」

今度は驚いたような声を上げ、瑛庚《エイコウ》様は私の言葉の先を急かす。

「先ほど瑛庚《エイコウ》様はユル様が怪文書を読む際、顔に押し付けるようにして文字を読んでいらっしゃると仰りました。屋内ではありますが、まだ日中であるにもかかかわらずです」

「決して明るくはないが、字が読めなくもない明るさだな。まぁ、目が悪いんだろ」

安直に『目が悪い』と言った瑛庚《エイコウ》様の言葉に、私は苦笑する。

「それです。彼が犯人ではない最大の理由は」

「目が悪いと犯行を犯せないと……？」

震え声でそう尋ねたのは俊熙《ジュンシー》さんだった。

「犯行は夜間か早朝にかけて行われていた点を踏まえると、腹を裂き内臓を取り出すという作業を目の悪いユル様がなしえるわけがありません」

内臓というのは適当に皮膚を切り裂けば出てくるものではない。的確な場所を正しい方法で切り開かなければいけない。

「だがユルは遊牧民だ。俺だって子供の頃、毎年やっていたから今だって目をつぶっていても羊の腹を裂いて内臓を取り出せるぞ」

確かに習慣化している行為ならば、決して難しい作業ではないだろう。

「ユル様は遊牧民族らしからぬと、瑛庚《エイコウ》様が仰ったではございませんか」

遊牧民らしくないユル様だからこそ、父親は公主様との再婚話を勧めなかった。おそらく毎日本を読み小説を書くような遊牧民らしからぬ生活を送っていたのだろう。

「恥ずかしい話ですが、確かに私は鶏の一羽も絞めることはできません――」

ユル様は消え入りそうな声で、そっとそう告白した。

「ですのでユル様は犯人ではございません」

「では誰が犯人なのだ？」

瑛庚《エイコウ》様は怪文書を机に戻すと、長椅子に座り不思議そうに尋ねる。

「真犯人は俊熙《ジュンシー》さんです」

「俊熙《ジュンシー》さんが⁉」

驚きの声を上げたのはユルさんだった。

「俊熙《ジュンシー》さんの最大の目的は獄中記を出版し、儲《もう》けることだったのでしょう。獄中記が出る前からユル様の文章を読んでいた俊熙《ジュンシー》さんは、怪文書が出回った瞬間、これを作ったのがユル様だと気付かれた」

私も瑛庚《エイコウ》様の隣に座り、再び怪文書を手に取る。

「ですが怪文書ではお金にならない。もっと別の形で違和感なくお金を稼げる仕組みをと考えた時、『獄中記』の存在を思いつかれたのでしょう」

我が国の制度上、一度投獄されるとなかなか外には出られない。そして多くの人は死刑に処されてしまうのだ。そのため「牢獄」という非日常を描く『獄中記』は多くの人の注目を集めたのだろう。

「でも、獄中記を書かせるためには牢獄に入れさせなければいけない。だから俊熙《ジュンシー》さんはユル様が犯人であるかのように仕立て上げた。違いますか?」

これまで震えるようにして聞いていた俊熙《ジュンシー》さんだが、私が話し終えると高らかに笑いだした。

「これだから学のない女は困る！　お前、何も分かってないだろ！」

「お、おい」

瑛庚《エイコウ》様が少し怒りを露《あら》わにするが、私はその袖《そで》をキュッと引く。

「儲けたい⁉　本で儲けたいなんて思っているわけないだろ！　そんな低俗なこと思いつくのはお前が文学の何たるかを知らないからだ。いいか、よく聞け！　俺はなユル様の文章に惚《ほ》れ込んだんだ。それを世に出すためなら何でもすると決めた」

私はあえて黙ってその言葉を聞く。

「だから私が事件を起こしたんだよ。ユル様が怪文書を書かれるのも分かっていた。最初にうちの本屋に持ってきた短編集は怪文書を題材にしたものだったからな！」

「そ、それじゃ。俺に『怪文書が出回ったら、面白いですよね』って言ったのも……」

ユル様は愕然《がくぜん》としたように、地面にヘナヘナと座り込む。

「そうですよ！　書き溜めていることを知っていたから背中を押してやったんですよ。獄中記だって、俺が散々、背中を押してやっと書き始めやがった。あんたは自分の才能の扱いがひどすぎるんだよ。親から『やめろ』と言われたぐらいで、なんで止めるんだよ。あんなに素晴らしい才能があるのに……俺が欲しくても手に入らない才能を持っているくせに……」

後半は泣き叫ぶようにしてそう言いながら、俊熙《ジュンシー》さんは何度も何度も地面をたたいた。

第四章　永久《とわ》に失われし恋と愛

「蓮香！　温室に行かないか」

その日の夜、私の部屋を訪れた瑛庚《エイコウ》様は物見遊山にでも行かないかといった調子でそう提案した。

「温室ですか？」

温室は非常に珍しい施設だ。湯を通す管を地面に這わすなどして、部屋の温度を一定に保つ。蚕《かいこ》を育てる建物も似たような仕組みが利用されている。

「ほら、新しく作ったやつ！」

『新しく作った』という言葉に私の気持ちがスーッと静かになるのを感じる。

「新しく正二品になられた后妃様のために作られた温室ですよね」

「そうだ」

何が悪いと言った様子で首を傾げられ、私は大きくため息をつく。

「蝶《ちょう》を飼っているという温室でございましょ？　目の見えない私が行って、どうするんですか」

「実はな、良い香りがする蝶がいるらしい」

「良い香り……」

初めて聞く事実に少しばかり興味が出てきた。

「なんでも南国の蝶らしく、非常に珍しいので一度見に来て欲しいと、后妃から誘われたんだ」

そういうことか……と私は小さくため息をつく。

おそらく『良い香りがする蝶』などというものは、存在しないのだろう。瑛庚《エイコウ》様の気を引くための嘘に違いない。私はあえてそれを否定することなく断るための口実を口にする。

「新しい后妃様は、まだ後宮の仕組みをご存知ありません。陛下が宮女を連れて自分の大切にしている温室に来られたら……、可哀想でございますよ」

瑛庚《エイコウ》様らしからぬ提案に私は少し苛立ちながら説得する。

「いや、実は后妃を辞めさせるから大丈夫だ」

「や、辞めさせる⁉」

后妃はそんなに簡単に辞めることができない立場にいる。特に今回は部族存続のための後ろ盾を求めて後宮に来た人物だ。

「実はさ、この前冤罪で捕まった将軍いるだろ？」

「李《リー》将軍でございますね」

「そうそう。尚書令の一族にハメられただろ？　可哀想だから褒賞をあげようと思ってね」

尚書令の次男が犯した罪を着せられ、容疑者として捕まった禁軍の李《リー》将軍だ。確かに『褒賞』という名の何らかの補償があっても不思議ではない。

「後宮にいるのも他部族への牽制にはなると思うんだけど、李《リー》将軍の妻であっても十分だと思うんだよね？」

「遊牧民にとっては皇帝の存在というより、禁軍の武力が脅威なわけですしね——」

「だから下賜《かし》させようと思ってね」

まるで物を扱うように后妃について語る瑛庚《エイコウ》様に私は冷めた視線を送る。

「ちょ、なんて顔するんだよ」

「もしかして私に温室を見せたいから下賜する……ってわけじゃないですよね？」

「まさか！」

心から驚いたといった様子で瑛庚《エイコウ》様は叫ぶ。

「そりゃー、温室があったら蓮香を楽しませられるだろうなーとは思ったよ？　でもさ俺は皇帝だよ。温室が欲しかったらもう一つ作るって」

確かに、と私は頷く。簡単には作れない温室だが、皇帝の彼が欲すれば何個でも温室は設置されるだろう。

「二人は昔馴染みで恋人だったんだ」

まるで大切な秘密を明かすかのように、瑛庚《エイコウ》様は囁いた。

「李《リー》将軍と后妃様がですか？」

そうそう、と嬉しそうに瑛庚《エイコウ》様は首を縦に振る。

「二人は別の部族出身なんだけど、近くの少数部族同士ということで仲が良かったらしくてね。特に李《リー》の部族は、メルキト族って大きな部族の脅威にさらされていたらしいんだよね。それで李《リー》はナーダムで優勝した時に『将軍にして欲しい』って言ったみたいなんだけど、俺達、勘違いして禁軍の将軍にしちゃってさ……」

この国には多くの軍団が存在する。そのため指揮する将軍も決して少ないわけではない。『将軍』の最高位である禁軍将軍もいれば、地方の警備を担当する軍の指揮官もやはり同じ『将軍』なのだ。

「将軍にしてくれ」と願った本人でさえも、自分が禁軍の将軍に指名されるなどとは思っていなかったのだろう。

「本当は自分達の部族が生活する北方を警備する将軍職ぐらいで良かったみたいなんだよね」

部族の側にある地域で紫陽国の軍を指揮することができたならば、メルキト族に自分達の部族が襲われたとしても援軍を送ることができる。遥か彼方に存在する禁軍よりも、よほど実用的だろう。

「結局、李《リー》の部族はメルキト族に迎合する形で合併しちゃったしね……」

小さな部族が大きな権力にすがることは多い。李《リー》将軍の場合はそれを紫陽国に求めたが、部族はメルキト族に従属する形で一族の安寧《あんねい》を求めたのだろう。

「俺の勘違いで仲を裂いちゃったわけだろ？　だから下賜《かし》という形で関係を修復してあげようと思ってね」

いいことをしているだろと自慢げに、そう言う彼に私は思わず苦笑する。

「きっと蝶姫《ちょうき》様も喜ばれます」

「蝶……姫？」

『蝶姫』が宮女の間でのみ使われている通称であったことを思い出し私は慌てて訂正する。

「温室の主であるトクトア様の通称でございます」

遊牧民の人々の名前は私達とは少し作りが違うらしい。父親の名前と自分の名前という構成になっており、使用される文字も異なる。本来はその名前で呼ぶべきなのだが、後宮では馴染みがない文化だったこともあり、本来の名前よりも通称の方が先に定着してしまったのだ。

「ああ……、凄い蝶好きだもんな」

納得したように瑛庚《エイコウ》様は頷かれる。

「帯の柄、指定されたのあの子が初めてだよ」

「こちらですね」

私は機織り機で製作途中の帯を指す。

正二品以上の后妃に就任する際は、特別な帯が皇帝から贈られる。その際、形式的にどんな柄がいいか聞かれるが、多くの后妃は「陛下のよしなに」と自ら柄を指定することはない。

ところが今回のトクトア様は「蝶の柄でお願いします」と指定してきたのだ。しかも織り込む蝶の種類まで指定され、柄を描く担当の宮女は面食らったという。そんな悪い噂ばかり聞いていたのでトクトア様に対して、最初は決してよい印象を抱いていたわけではない。

「美しいな――」

「ええ、本当に。花が散る景色と蝶が舞う様子が見事に織り交ざっており本当に素晴らしい構図でございます」

　后妃達の帯の柄は伝統的な柄を后妃に合わせて絵師が作り上げる。帯を織りあげる作業に対しても誇りを持っているが、その仕事ができるのは絵師がいるからこそとも思っている。

　柄を指定する――ということは、そんな絵師の仕事に文句をつけるようなものだ。そのため当初は蝶姫に対して苛立ちも感じたが、出来上がった構図に触れた瞬間その気持ちは一瞬にして吹き飛んだ。

「特にここの花びら――」

　私は既に織り終わっており、一番気に入っている箇所に指を這わせ瑛庚《エイコウ》様に指し示す。

「花びらに見えますが蝶になっているのでございます。花から生まれる蝶……、素敵でございましょう？」

　思わず力説すると、瑛庚《エイコウ》様は楽しそうにクスクスと笑った。

「いや、美しいのは蓮香のことだ。普段から美しいが帯のことになると活き活きとして、本当に美しい」

瑛庚《エイコウ》様らしい言い回しに私は大きくため息をつく。せっかく帯の話ができると思っていただけに残念で仕方なかったのだ。

「それで、トクトア様の温室に何時《いつ》伺われるんですか？」

おそらく昔馴染みへと下賜されると告げられ、喜ぶトクトア様の様子を私に感じさせようとしてくれているのだろう。

「明日はどうだろう？」

そう嬉しそうに提案する彼は子供の頃の彼にとても良く似ていた。

「申し訳ございません。本日は温室にお入《はい》りいただくことができません」

次の日の昼過ぎ、私は温室の前で立ち往生していた。

「入《はい》れないとは？」

不機嫌さを隠そうとせず、私の隣にいた瑛庚《エイコウ》様は温室の前で立ちはだかる宮女に尋ねた。

「私も詳細は分かりかねるのですが、トクトア様が入るなとだけ――」

「私でもか？」

皇帝である彼が望めば、後宮で『できないこと』はほぼないだろう。勿論、中には難しい命令も存在するだろうが、瑛庚《エイコウ》様は基本的にそう言った無茶を言うような方ではない。

「陛下？」

木戸がソロソロと開けられる音と共に投げかけられた声は、芯が通った声ながらも華やかさを感じるトクトア様の声だった。

「そこのあんた！」

トクトア様は木戸を素早く閉めると、私達の元へ駆け寄ってきた。

「あんた、ちゃんと入れない理由を説明した？」

「ですが……」

私達に『入れない』と説明した宮女は、何か言いたそうな口調でもごもごと反論するがトクトア様はそれを無視して言葉を続ける。

「毒を持つ幼虫が孵《かえ》ってしまったから危険だって伝えてって、私言ったわよね？」

「そんなに危険な虫なのか？」

不思議そうに尋ねる瑛庚《エイコウ》様に、トクトア様は勢いよく振り返った。

「そうなんです！　触れるだけで全身が痺れ、数刻もしないうちに呼吸困難に陥り適切な処置をしなければ死にいたることもございます」

勢いよく話すトクトア様は、本当に虫のことが好きなのだろう。

「陛下が本当にいらっしゃるとは思ってもおりませんでした！」

無言で話を聞いている瑛庚《エイコウ》様を『虫好き』と彼女は判定したのだろう。嬉しそうに瑛庚《エイコウ》様の手を取った。

「大丈夫です。温室ではなくても蝶をご覧いただくことができる場所がございます」

「いや、私は――」

「遠慮なさらないでくださいませ。こちらで蝶を放し飼いにしています」

トクトア様は瑛庚《エイコウ》様の手を引くと、温室から数歩離れた場所へ誘い入れた。

「蝶が逃げますので、お付きの方も素早く入ってくださいね」

網が持ち上げられる音がするが、一人が入ると直ぐにそれは下ろされる。ふわりと微かに鼻につく匂いが広がり、もう一度網が引き上げられる音がする。その後、数歩歩く音がするところからすると、おそらく網は二重になっているのだろう。

招き入れられた場所に入っても、温かい日差しを頬に感じられた。おそらく網で覆われているだけの場所で温室のような壁や屋根はないに違いない。

「これは凄いな……」

瑛庚《エイコウ》様は、感動したように小さく嘆息した。もちろん、瑛庚《エイコウ》様だけではない。林杏《リンシン》などお付きの宮女達も口々に感動の声をあげている。

「色々な場所に住まう蝶を用意させました。やはり自由に舞う蝶が一番綺麗でございましょう？」

「見事だ。しかし、ここに来る前からかように蝶を飼っていたのか？」

「まさか！　お気に入りの子を飼っていたこともありますが、遊牧民の私にはこんな大量の蝶を飼うなんて無理ですよ」

瑛庚《エイコウ》様の言葉を快活にトクトア様は笑い飛ばす。

「この場所、作るの大変なんですよ。あんまり小さな網目だと、蝶がそこに引っかかって羽が傷ついてしまうんです」

その言葉に私は、そっと近くの網に手を伸ばしてみる。トクトア様のいうように網目は決して小さすぎず普通の大きさの蝶ならば、すり抜けようと思えばすり抜けられる大きさだった。

「しかし、これでは逃げられるのではないか？」

不思議そうに尋ねる瑛庚《エイコウ》様に、トクトア様は小さく唸る。

「基本的に——みんな私のことを好きなので、逃げないと思うんです」

「そ、そうなのか？」

狼狽する瑛庚《エイコウ》様に私も内心で同意していた。蝶が人間のことを好きになるのか、にわかに信じ難かったがトクトア様は、それを信じて疑っていない様子だ。

「だって外の世界は過酷ですよ。餌《エサ》だってないし、外敵だって多い」

可憐な蝶が野生で生活するのは確かに楽なことではないだろう。だからこそ多くの卵を産むし、人はそれが舞う姿を美しいと魅了されるのだ。

「だから二重の網なんです。一つ目は普通の網ですが、二つ目は蝶にとって猛毒となる成分が塗りこまれております」

先ほどから微かに漂っていた鼻につく匂いの正体が分かり私は、なるほどと頷く。

「私の元から本気で逃げたいと思う蝶は死ねばよいのでございます」

「な、なかなか情熱的だな」

明らかにトクトア様の言動に引き気味の瑛庚《エイコウ》様だが、言葉の力を借りて誤魔化しているようだ。

「それにしても、こんな大規模な施設、移動しながら生活する遊牧民時代には許してもらえるわけもありませんでした。だから私、後宮に来て本当に良かったと思っているんです」

「そ、そのことだがな」

瑛庚《エイコウ》様は、少し言葉を詰まらせる。

おそらくトクトア様が昔馴染みを想い泣き暮らしていると思っていたのだろう。だが実際は蝶との生活を満喫している少女しかいなかったのだから、当然といえば当然かもしれない。

「禁軍の李《リー》将軍を知っているか？」

「李《リー》？」

トクトア様は不思議そうに首を傾げる。

「そなたには、『タージオン』と言った方が分かるか」

「あぁ、タージオン、こっちでは李《リー》なんて名乗っているんですね」

トクトア様は声を上げて楽しそうに笑う。

「あいつ、馬鹿ですねー。そんなことをしても私達は遊牧民に変わりないのに」

「まぁ、そのままでいるのは、ここでは少し難しいからな」

瑛庚《エイコウ》様は力なく笑うが、それをトクトア様は気付いていないのだろう。ひとしきり笑い切ると苦しそうに目元の涙を指で拭った。

「タージオンとは子供の時からの付き合いです。昔は泣き虫でね、私の後ろをついて回っていたのに、あっという間に弓の名手になってナーダムで優勝までしちゃって」

どこか懐かしみながらも寂しさを帯びた声からは、李《リー》将軍に対する静かな愛情が伝わってくるような気がした。

「そのタージオンの妻にならないか？」

それは唐突な申し出だったのだろう。トクトア様は、相手が瑛庚《エイコウ》様にもかかわらず「はぁ？」と素っ頓狂な声を上げた。

「先日、タージオンはある事件に巻き込まれてな。その補償として何かできないかと思った時に、そなた達の話を聞いたのだ」

「私なんかで『補償』になりますかね」

トクトア様は少し照れたようにそう呟いた。はっきりと言葉にはしなかったが、おそらく瑛庚《エイコウ》様の読み通り李《リー》将軍と一緒になれる事実を喜んでいるのだろう。

だが少しすると、ハッと何かを思い出したように短く息を吸った。

「でも……」

困惑したようなトクトア様の言いたいことは分からないでもない。皇帝の妻であるにもかかわらず、他の男の妻になることを普通は快諾しないものだ。

「大丈夫だ。まだ后妃として入宮するための式典すら開いてはいないではないか」

優しく言い聞かせた瑛庚《エイコウ》様に、トクトア様は意外な言葉を投げかけた。

「でも……この子達、どうするんです？」

その段になり、ようやく彼女の心配事が蝶に対するものだと分かり、瑛庚《エイコウ》様は豪快に笑い声をあげた。


トクトア様の蝶を見てから一週間後、皇后・薇喩《ビユ》様の部屋で私は香炉を手にしながら、苛立ちを隠そうとしない部屋の主の言動に耳をそばだてていた。

「あの小娘はそのような戯言《ざれごと》を申したか！」

薇喩《ビユ》様は持っていた香炉を勢いよく部屋の壁へ向かって投げつけると微かに焦げた匂いと灰の香りが部屋へ広がった。皇后教育の一環として、香のかぎ分けを行っていたが、部屋に広がった灰の香りに先ほどまで鼻腔に広がっていた華やかな香りが上書きされるのを感じる。

宮女達が慌てて片づけるが、薇喩《ビユ》様は気にした風もなく「瑛庚《エイコウ》様よりも蝶とは‼」と叫ぶ。

「将軍に下賜される話が出て、『瑛庚《エイコウ》様』ではなく、『蝶』の心配ばかりとは……‼」

「あれだけの温室に大きな虫かごがあれば、どうなるのか心配する気持ちも分からないでもないですけどね」

私は小さくため息をつき、薇喩《ビユ》様をなだめる。

「それで李《リー》将軍の家に同じものを作ってやると約束したら、快諾したと！」

どうやら彼女は瑛庚《エイコウ》様が軽んじられるのが何よりも耐えられないのだろう。

「尚書令の一族は取り潰しが決定しており、我が国の財源はまた潤ったようです。温室だけでなく都に大きな屋敷を建てることも検討されているとか――」

一族から犯罪者を出しただけでなくその罪を禁軍の将軍に着せようとした罰として、尚書令は罷免《ひめん》された。さらに財産や領地を没収されたのだ。その資金を李《リー》将軍の新生活のために使おうと瑛庚《エイコウ》様は計画していた。

「当たり前じゃ。尚書令の処分は、妾《わらわ》が考えたのだからな」

嬉しそうに薇喩《ビユ》様は、そう言って近くにあった煙管を手に取る。

「薇喩《ビユ》様が？」

「そうじゃ。宰相を罷免した際に、一族から財を巻き上げたであろう？　あれが良い収入になってのぉ。今後も無能な貴族どもから金を巻き上げようと進言したのじゃ」

なるほど、と静かに頷く。宰相一派の財を没収しただけで、都中に坊門を建設するだけの金が手に入った。

何かと難癖をつけて貴族の財産を没収する――これを繰り返せば確かに国の財源は潤うだろう。賢いがその反面、反発も多そうな薇喩《ビユ》様らしい政策でもある。

「しかし尚書令は頭が回る人間だと思っていたが、意外に愚かであったの」

薇喩《ビユ》様は煙管からユックリと煙を吸い込むと、勢いよく吐き出す。まるで大きなため息であるかのように。

「瑛庚《エイコウ》様が皇帝になられてから、我が国と遊牧民達との距離感が近くなっているのは仕方ないであろうに」

確かにと私は頷き、無言で宮女から差し出された別の香炉の香りを嗅ぐ。ふんわりと華やかな花の香りが鼻腔に広がり思わず嘆息が漏れる。

「それでも李《リー》将軍の政敵は多いですよね」

華やかな香りを嗅ぐ一方で、頭の中では泥臭い政治について考えていた。

ナーダムで優勝したタージオンさんをわざわざ禁軍の将軍に据えたのは「勘違いだった」と瑛庚《エイコウ》様は言うが、おそらく耀世《ヨウセイ》様はわざと両国の関係性が良好であることを周知させるために禁軍の将軍職を与えたのだろう。

「それで陛下がお好きそうな『感動の再会』とやらは何時あるのじゃ」

「本日でございます」

「まぁ、蝶しか目に入らない野猿のような娘が後宮から去るならば、せいせいするがな」

薇喩《ビユ》様は、そう言って勢いよく煙管を煙管箱にたたきつける。その瞬間、遠くから叫び声が聞こえてきた。

少しして部屋に駆け込んできた宮女の「陛下が李《リー》将軍をお手打ちになされました」という言葉に、薇喩《ビユ》様は心底嬉しいといった様子で小さく小刻みに笑う。

「どうやら揉め事のようじゃ」

薇喩《ビユ》様はトクトア様が後宮から居なくなることを喜んでいると言いつつも、彼女が想い人と共に後宮から出ていくことに失敗したことが何よりも嬉しいらしい。

「蓮香！　大変だ」

薇喩《ビユ》様と共にトクトア様の部屋に足を踏み入れた瞬間、私の姿を見付けた瑛庚《エイコウ》様が駆け寄ってきた。

「陛下、何も将軍をお手打ちにされなくても」

楽しそうに薇喩《ビユ》様に言われ、瑛庚《エイコウ》様は「違うんだ」と慌てて叫んだ。

「李《リー》将軍が、下賜を断ったんだ」

「陛下からの申し出を……断ったと？」

薇喩《ビユ》様は苛立った様子で持っていた扇を小指で小刻みにたたき始めた。薇喩《ビユ》様が怒りを感じるのも無理はない。

基本的に皇帝から「あげる」と言われたものを「いらない」と断るような行為は許されない。非礼を通り越して、その場で斬《き》り捨てられても文句は言えない言動だ。

「李《リー》将軍は他に所望されるものがあったんですか？」

あまりにも異例の事態に私も気づいた時には疑問を投げかけていた。

皇帝から后妃を下賜されるのは、非常に栄誉あることだ。禁軍の将軍の地位をさらに盤石にするといっても過言ではない。しかも、その相手は昔馴染みの元恋人という。それを断る理由が私には見当たらなかったのだ。

「それがさ尚書令の娘を嫁にしたいって言いだしたんだ」

「取り潰された一族のですか？」

「そうなんだよ。尚書令の屋敷をそのまま李《リー》将軍にあげるつもりだったんだけど、それなら――って」

李《リー》将軍が意外にも策略家であることに思わず唸らされた。

今回の『補償』として尚書令の屋敷、私財を手に入れ、后妃を下賜されれば李《リー》将軍の地位はより盤石なものになるが、その一方で彼に対する反感も増すだろう。それならば尚書令の娘と結婚した上で屋敷を返せば、有力官僚の一族を味方にすることができる。

「それで怒りのあまりお手打ちにされたのですね。それは仕方ないことでございますわ」

薇喩《ビユ》様は、そう言って慰めるように手を取ろうとしたが、それを瑛庚《エイコウ》様は勢いよく振り払った。

「だぁからー、違うって。理由も聞かされずに『下賜を断られた』とだけ聞かされたらトクトアが可哀想だ。俺は李《リー》将軍に説明をさせる機会を与えてあげたんだよ」

「それで後宮に招かれたと」

呆れるようにそう言った薇喩《ビユ》様に、「仕方ないだろ」と言った瑛庚《エイコウ》様の声は小さくなる。男子禁制の後宮だ。それを破ったことに対しては反省しているに違いない。

「久々に会えば『やっぱりトクトアがいい！』って思うかもしれないだろ？」

「陛下がそうであったように……でございますか」

薇喩《ビユ》様の静かな嫌味に対して、瑛庚《エイコウ》様は嬉しそうに「そうだ」と頷いた。

「ほら会ってない時間がブワーっと戻ってくる感じ、あると思うんだよね。将軍に就任してから二人は会ってないわけだから、三年ぶりぐらいになるだろ？」

決して長い期間ではないが、お互いの気持ちが見えなくなるにはちょうどよい期間ともいえるだろう。

「俺、蓮香が村で遊んだ時の少女だって分かった時、泣きそうになったもん」

決して見えることはないが、薇喩《ビユ》様からの刺さるような視線を感じ私は何とかして話を逸らさねば……と、愛想笑いをしながら考えていた。

「耀世《ヨウセイ》もそうだったと思――」

「陛下、現場は温室でございますか？」

私は全く益にならない話を切り上げるために、事件へと話題を戻す。

「よく分かったな」

「それは――分かりますよ」

頭の中では既に事件までの真相が組み立てられていた。その真相について考えると少し泣きそうな気分になりながらも、それを押し殺して私は言葉を続ける。

「陛下はどちらにいらっしゃったんですか？」

「感動の再会を果たした李《リー》に『やっぱり下賜して欲しい』って言われると思ってさ、

温室の外で待っていたんだ。そしたらトクトアだけが一人で泣きながら出てきたんだ」

「李《リー》将軍の気持ちが変わらなかったと」

馬鹿にしたような薇喩《ビユ》様の言葉を無視して、瑛庚《エイコウ》様はさらに言葉を続ける。

「だからさ、俺、トクトアの温室に行って将軍を説得しようと思ったんだ。『手放したら絶対後悔する』って」

「温室に入ったんですか？」

危険な幼虫がたくさんいるという温室に入ったのかと思わず耳を疑ったが、瑛庚《エイコウ》様は大丈夫だと首を横に振った。

「それがさ、全然いなかったんだよ。代わりこの前見た蝶が所狭しと飛んでいたよ」

おそらく屋外に張られた網の中で放し飼いにされていた蝶のことだろう。

「多分、李《リー》将軍が来るからって、危ない幼虫はどこかに避けていたんだろうね。それはいいとして、俺と話していたら将軍、いきなり苦しみだしたんだよ」

そう言いながら瑛庚《エイコウ》様は苦しそうに呻《うめ》き、首元を軽くかくような音を立てた。おそらく李《リー》将軍は喉元をかきむしりながら亡くなったのだろう。

「それで陛下が李《リー》将軍を殺された……となったわけですね」

私は静かに胸をなでおろしていた。瑛庚《エイコウ》様は理由もなく殺人を犯すような人ではないとは思っていたが、どこかで「もしかしたら」という不安があったのだ。

「そうなんだよ。外傷もなくてさ、俺じゃないって言ってるのに誰もあんまり話聞いてくれなくてさ……」

『手打ちにされても仕方ない』と誰も瑛庚《エイコウ》様を責めなかったのだろう。

「ではなぜ、李《リー》は死んだのじゃ」

薇喩《ビユ》様はそう言って私の肩を扇で小さく小突いた。

「蓮香は犯人が誰か分かっているのか？」

すがるように瑛庚《エイコウ》様に言われて、私は犯人の音を探す。遠くで微かに聞こえる足音に私は「はい」と小さく頷いた。

「犯人はトクトア様でございます」

「トクトア……が……？」

何故そのようなことをしなければいけない、と言わんばかりの瑛庚《エイコウ》様に対して薇喩《ビユ》様は、そうじゃろう、と小さく頷かれた。

「李《リー》将軍は首をかきむしるようにして亡くなられております。おそらく死因は蝶の幼虫の毒によるものでしょう。トクトア様が温室を出られる直前に将軍は虫に刺され、症状が出たのが瑛庚《エイコウ》様とお話をされている時だったのかと」

「では不幸な事故だったのか？」

瑛庚《エイコウ》様の楽観的な推理に、私は首を横に振った。

「まず私達が最初に温室を訪れた時にはいたはずの幼虫が突然いなくなるのは不自然でございます。意図的にどこかに移されたと考えるのが自然です」

「毒虫の処理など、あの娘ぐらいしかできぬであろうな」

蔑《さげす》むように、そう言った薇喩《ビユ》様の言葉に私は同意しながら頷く。

「トクトア様は一見安全な状態の温室を作り、李《リー》将軍を招かれたのです」

そうでなければ元恋人に会うためとはいえ、毒を持った幼虫がいるような温室に李《リー》将軍は足を踏み入れなかっただろう。

そして万が一、毒殺だと判明しても「たまたま温室に残っていた幼虫によるもの」と言い逃れをすることもできる。殺人を犯すためには、一石二鳥の舞台だったのだろう。

「蝶の幼虫は馬のように自ら望んで人に寄りつく生き物ではございません。それにもかかわらず李《リー》将軍が虫の毒で亡くなったということは、自ら触ったか誰かに触らされたに違いありません」

「トクトアが触らせたならば明確な殺意があり、将軍が自ら触ったならばトクトアはそれを敢えて止めなかった――ということじゃな」

薇喩《ビユ》様はゆっくりと私の説明を補ってくださった。

「おそらくですが……、トクトア様は将軍を試されたのではないでしょうか？」

私は二重に網が張られた巨大な虫かごを思い出しながら、ユックリ語る。

「李《リー》将軍が自分への想いを忘れていないならば、妻に迎えてくれなくても許すはずだった――」

政治的な理由で後宮へ来ることを了承しているトクトア様だ。李《リー》将軍が下賜を断った理由を説明すれば、別の女と結婚することも快諾したに違いない。

「ちゃんと分かっているじゃない」

私の推理を肯定する声が投げかけられたのは遠くの扉が開く音と同時だった。

「最初から殺そうとしたわけではないんです。私はあの人の気持ちを確認したかった――」

トクトア様は大きく息を吐きだしながら、そう独白する。

「あの温室にいる幼虫は毒がありますけど、孵化《ふか》すればそれはそれは美しい蝶になるんです。私が特に大好きな子達……」

まるで大切な宝物について語るように、ゆっくりと優しくトクトア様は語った。

「何も言わずに渡したんですね」

私の推理にトクトア様は、ええそうよ、と頷いた。

「タージオン、そしたら何って言ったと思う？『何ですか？これ』って言ったのよ」

「虫に興味がなかったのかもしれないぞ……」

瑛庚《エイコウ》様がそう李《リー》将軍の肩を持つが、トクトア様は勢いよく首を横に振って、それを否定する。

「ビックリすると思われますけど……。タージオン、虫だけじゃなくて私のこと忘れていたんです！」

堪えていたものが爆発するように、トクトア様は突然大きな声で泣き叫んだ。

「忘れているわけないではないか」

呆れたように瑛庚《エイコウ》様は、トクトア様の言葉を否定する。

「そう、忘れるわけないでしょ！忘れたフリをしたのよ。あいつは私じゃなくて部族や地位をとったの」

そう言い切ると床に突っ伏すようにトクトア様は再び大きな声で泣きだした。そんな彼女に誰しもが慰めの言葉をかけられずにいると、「馬鹿じゃ」と薇喩《ビユ》様が吐き捨てるように呟いた。

「そなたと将軍は覚悟が違ったようじゃの」

「か、覚悟……？」

トクトア様は呆気にとられたように薇喩《ビユ》様の言葉を聞き返す。

「どこの世に愛する人と結ばれることを望まない者がおるのじゃ」

勢いよく持っていた扇を開くと、何かを言い聞かせるようにそれを一つ一つゆっくりと畳み始める。

「この国はよそ者には、ほんに厳しい。李《リー》将軍はそこで必死に生き残ろうとしたのじゃ。しかもそれは単なる野心ではない。自分の決断一つが自分のいた部族の命運すら左右するのじゃ」

「私だって！　部族のために後宮に来たわ」

「だから覚悟が違うというのじゃよ」

扇を畳む手を止め、薇喩《ビユ》様は大きくため息をつく。

「そなたと所帯を持ち、都で屋敷に住むのを終着点とする——。それも悪くない。だが李《リー》将軍の目の前には遊牧民族がこの国で受け入れられる未来を創れる機会も転がってきた。そこに飛びついたのじゃよ」

確かに尚書令の娘と結婚したならば遊牧民族に対して反感を持つ層の考え方を改められる機会になっただろう。

「そなたと見えている未来が違っただけじゃ。なのに『忘れたフリ』をされたぐらいで殺すとは――、馬鹿を通り越して愚かじゃ」

「私は愚かじゃない！」

部屋に響き渡る程、大きな声でトクトア様は叫んだ。

「自分の手に入らないならば、そんなものいらない！　死んでなくなればいいの！」

自ら愚かであることを認めているような発言だが、トクトア様は気付いていないようだ。

「蝶も人も私の手から離れて楽しく生きていいわけがないでしょ」

「とんでもないな……」

瑛庚《エイコウ》様の言葉を合図にするように、衛兵がトクトア様の両脇をかかえ部屋から連れ出そうとする。

「わ、私はどうなるのです⁈」

「将軍を殺した罪は重いが、部族のことを考えると殺すわけにはいかない――」

瑛庚《エイコウ》様の声は低くなっており、トクトア様に失望しているのが伝わってきた。

「冷宮で幽閉が妥当でございますね」

冷宮は罪を犯した后妃や適齢期を過ぎても子供ができなかった后妃が住まう宮だ。

その性質上、後宮のような華やかさはなく、監獄のような場所としても敬遠されている。

薇喩《ビユ》様は、早く連れていけと言わんばかりに扇を煽《あお》ぐ。トクトア様がよほど気に入らなかったのだろう。視界に入ることすら不快だといった様子だ。

「ならば！　最後に最後に温室の蝶に別れを言わせていただけませんか」

「この期に及んで蝶とな！」

勝ち誇ったように苦笑する薇喩《ビユ》様の横で瑛庚《エイコウ》様は深いため息をついた。

「薇喩《ビユ》、止せ。今回の件は私の伝え方も悪かった……」

「そんな、陛下は何も悪うございません！」

薇喩《ビユ》様は慌てた様子で声色を変えてすがりつくが瑛庚《エイコウ》様は首を横に振り、そんなことはないと否定する。

「李《リー》将軍のような覚悟は、私にもなかった」

瑛庚《エイコウ》様が見ていた未来は李《リー》将軍のそれではなく、どちらかというとトクトア様と同じ未来だったのだろう。

「冷宮に行けば蝶を飼うことすら、ままならないだろう。最後に温室ぐらい行かせてやれ」

力なくそう言った瑛庚《エイコウ》様の言葉に、トクトア様は小さく「ありがとうございます」とお礼を言うと引きずられるようにして部屋を出て行った。


「温室で焼身自殺でしょ？　やばいよね」

私の部屋で作業する宮女達の噂話に私は小さくため息をつく。トクトア様が衛兵の目を盗んで自殺してから一週間が経つが未だに、後宮中はその話題で持ち切りだ。

「でもさ、可哀想なのは侍女よね」

「あれでしょ？　死んだら政治的に問題だからって、侍女が蝶姫の役をやらされているんでしょ。冷宮で」

「そうそう。冷宮で一生過ごさなきゃいけないなんて、地獄だよねー」

人の口に戸は立てられないとはよく言ったものだ。こんな機密事項が宮女の間にも流れているという事実に驚かされる。確かに焼身自殺をした人物が、次の日には何事もなかったかのように冷宮で過ごしていれば、そのような噂が流れるのも当然といえば当然だろう。

「あんた達、もう今日はいいから早く帰りなさい」

依依《イーイー》は手をたたくと、雑務をこなしている宮女達を宮から追い出してくれた。

「でも私も気になりますよ。なんで死ななきゃいけなかったんでしょうね。だって、焼け死ぬって結構痛そうですよ」

林杏《リンシン》の素朴な疑問に対して、依依《イーイー》は痛いって……と小さくため息をつく。

「手に入らなかったからじゃないかしら……」

私は最後の糸を通しながら、小さくつぶやく。最後に通した糸は、光に当てればキラキラと輝く金糸で、蝶が舞う線を描くために使われた糸だ。他の横糸と共に均等に押し込めば微かにキュッという美しい音が聞こえてくる。

「蝶と共に生活する未来――。自分のものと思っていたものが手に入らなかったから、自死を選んで終わらせた――」

「だから温室なんですね」

私の言葉に深く頷く依依《イーイー》に対して、林杏《リンシン》は不思議そうに首を傾げる。

「え？　どういうことですか？」

「自分が死んだ未来に蝶が生きていることも許せなかったんじゃないかしら」

「ちょ……ちょっと、二人は納得しているみたいですけど私意味が分からないんですけど」

「林杏《リンシン》には、早かったかもしれませんね」

呆れたように、そう言った依依《イーイー》の言葉に私は静かに頷く。確かにトクトア様の思考はなかなか理解しがたいものだ。だが『蝶姫』と呼ばれた彼女ならば、迷うことなく選びそうな決断ではあると思いながら、金糸が通った杼《ひ》を機の上に静かに置いた。

◇◇◇

その奇妙な箱が後宮へ届けられたのは、トクトア様が亡くなってから一月が経った頃だった。両手で持てば、すっぽりと収まりそうな箱の中には一枚の紙しか入っていなかった。

「手紙――じゃないですよね。梅の絵しか描いてませんし……」

林杏《リンシン》は、あまり興味がないと言った様子で首を傾げる。北方から届けられたというこの箱が来た時は「中身は何ですか？」と興奮気味だった林杏《リンシン》。だが箱の中から出てきたのが一枚の絵だったと分かると、その興奮は瞬時に冷めたようだ。

「砂絵……でしょうか？」

やはり意味を理解しかねると言った依依《イーイー》の言葉でようやく、指先から伝わってくる小さな凹凸の意味を理解した。

「砂絵って何ですか？」

「色が付いた砂を使って絵を描くことよ。北西の神殿では砂絵を描きながら瞑想《めいそう》するという修行法もあるみたい」

林杏《リンシン》の疑問に応えると、今度は依依《イーイー》が「ですが……」と不思議そうに首を傾げる。

「どうやって形を留めているんですか？」

彼女の疑問はもっともだ。砂絵は地面などに砂を撒《ま》きながら絵を描くため、一定の形を留めない。神殿では瞑想中に描かれた砂絵は決まった手順で崩され川に流す。絵を描くだけでなく崩すまでが修行の一環なのだという。形を留めない芸術だからこそ修行やまじないなどの意味を持つのだろう。

だが今回送られてきた砂絵は箱に入れて送られてきたにもかかわらず、その形状を留めていた。そうね……、と呟きながら私は紙に顔を近づけその匂いを吸い込む。

膠《にかわ》の獣臭い匂い。

懐かしい龍涎香《りゅうぜんこう》の香り。

穀物の少し鼻につく香り。

それらの匂いが鼻に広がり、文の意味を理解することができた。だが、それと同時に伝えられた事実に私は小さくため息をつく。

「動物の骨を煮て作られる膠《にかわ》という糊《のり》があるんだけど、それを紙に塗って砂絵を留めているのよ」

林杏《リンシン》達は、なるほど、と頷く。

「それと、これ砂じゃないわ。小麦よ」

「砂絵なのにですか？」

驚いたように、小さく叫んだ林杏《リンシン》に私は、そうよ、と頷きながら砂絵に再び指をはわせる。指先からは小さな粒の感触が伝わってくる。

「我が国では砂が使われるんだけど、西国では小麦を使って砂絵を描くの」

「小麦って美味しくないですけど――、なんか勿体ないですね」

基本的に我が国では小麦を主食として食べることはない。単純にあまり美味しくないからだ。小麦の味について「親の葬式に出席したような気分になる」と酷評する声もある。

「東方の遊牧民族は主にアワを食べているけど、西方の遊牧民族は小麦を食べているのよ」

東方――、浩宇《ハオウー》さん達の部族がいる場所だ。そして西方は勢力を増してきていると
いうメルキト族がいる場所になる。
この絵が伝えたかったことは、そこに違いない。
甘く落ち着きのある龍涎香《りゅうぜんこう》の香《こう》を好む耀世《ヨウセイ》様は、小麦が簡単に手に入るメルキト
族の領地に近い場所にいるのだろう。
そして敢えて文字ではなく絵で送ってきたのは『できなかった』からだろう。万が
一、文が後宮に届かずメルキト族の元へ渡ってしまった時に内容を悟られないために。
政治の力でメルキト族との関係を耀世《ヨウセイ》様は何とかしようとしていたが、もしかする
と厳しい戦況下におかれているのかもしれない。
「でも綺麗な梅の絵ですね」
感嘆のため息を漏らす依依《イーイー》に、私はこの文の別の意味がようやく理解することがで
きた。砂絵全体に素早く指をはわせると右下から左上にかけて梅の枝が伸びており、
その先にはつぼみが多い梅の花が咲いていた。
「これを送ってきた人は、後宮に咲く梅の花が恋しかったのよ」
梅の花は遊牧民らが暮らす北方の草原では、見られることはない。だからこそ絵柄
として梅の花を選んだのだろう。龍涎香《りゅうぜんこう》の香《かお》りと共に梅の花の香りを楽しんだ昨年

の記憶がにわかに思い出され胸が苦しくなった。

◇◇◇

草原特有の緑の香りに包まれながら、耀世《ヨウセイ》は全身に伝わる痛みに微かな焦りを感じていた。

落馬した時に打った後頭部の痺れるような痛みもだが、それ以上に左胸に受けた矢による痛みが彼を苦しめていた。呼吸をする度に苛烈な痛みが全身に駆けめぐるため自然と息は短く速くなる。

「死ぬのか――」

小さく呟いた耀世《ヨウセイ》の耳には、周囲の馬や人々が駆け回る音はどこか遠くに感じていた。

「何もできてない――」

悔しさと悲しさから耀世《ヨウセイ》は思わず唇をかみしめた。

「蓮香のために政治の力で遊牧民族を統一する」と豪語しながらも、最終的に戦に至った事実も彼の悔しさを強めていた。

「良かった！　生きてる」

突然、頭上から投げかけられた明るい声に耀世《ヨウセイ》は気が遠くなるような気がした。戦場に似つかわしくない高く緊張感のないその声は、明らかに異物として彼の耳に届いていた。

「私、メルキト族のオンユ。あなた、タタール族の耀世《ヨウセイ》だろ？」

耀世《ヨウセイ》は違うと首を横に振るが、オンユは馬鹿にしたように小さく笑いながら手際よく耀世《ヨウセイ》の胸に刺さった矢を引き抜いた。あまりの勢いに初めて「うぐっ」と苦痛の叫びが耀世《ヨウセイ》の口から洩れる。

「会談の時にいたの覚えていないか？」

痛みを訴える耀世《ヨウセイ》を無視しながら、オンユは手際よく応急処置を施し始めた。

「会談……」

耀世《ヨウセイ》は霞《かす》み始めた意識の端をたどりながら、自分を見下ろす少女の姿を記憶の中から探すが少ししても、それらしき人物の姿が見つからず眉間に皺が寄る。

「バータルとの会談だ。バータルの長女である私とあんたとの結婚話だって出ただろ。即、断られたけどさ……、本気で覚えてないのか？」

唇を尖《とが》らせながらオンユに文句を言われるが、窮地《きゅうち》に立たされた耀世《ヨウセイ》にとっては、もはやどうでもよい事実でしかなかった。

「でも運が悪かったよな。和平の会談中にタージオンが後宮で死ぬなんて」

オンユは近くにいた数人の男たちに合図し、耀世《ヨウセイ》を馬の上に載せさせた。それは決して優しい手つきではなかったため耀世《ヨウセイ》は再び「うう」と苦痛の声を漏らす。

「戦好きの父様が見逃すはずない。しかし我が父ながら本当に筋肉馬鹿で困る。もしかしたら頭の中も筋肉でできているんじゃないかね」

そう小さくため息をついたオンユの感想に耀世《ヨウセイ》は全面的に賛成だったが、全身を襲う痛みにまともな反応を返すことができずにいた。

「でも大丈夫。私があんたを助けてあげる」

オンユはそう言うと、ひらりと別の馬にまたがり器用に耀世《ヨウセイ》が載せられた馬の手綱を引いた。「助ける」というオンユの言葉を耀世《ヨウセイ》は信じているわけではなかったが、反論の言葉を口にする前に彼の意識は暗転していった。

第五章　流れもあへぬ愛の証明

「私を皇后にして下さいませ」

謁見《えっけん》の間に響きわたったその声は、自分の言葉が否定されることなど全く想像していないと言った調子だった。

その言葉を放ったのは、后妃として後宮にやってきた少女だった。齢二十という年齢に対して少し幼さが残るのは、少年のような勝気さを残しているからだろう。

後宮に入る前には皇帝と皇后の二人に謁見する機会が作られるが、その場で少女は開口一番にその言葉を放ったのだ。

「こ、皇后だと？」

とんでもない申し出に瑛庚《エイコウ》の皇帝の仮面が外れる。

「はい」

「本気で申してるのか？」

唖然としている瑛庚《エイコウ》に代わり言葉を継いだのは、その隣に座る薇瑜《ビユ》だった。その場にいた全員が薇瑜《ビユ》から放たれる怒りの気配にたじろぐが、目の前の少女は気にした風もなくええ、と頷いた。

「陛下は気に入った宮女を皇后にしようと動かれてると伺いました。そのような陛下ならば必ずご了承くださるはずです」

「なっ！」

間接的に『薇瑜《ビユ》は実質的な皇后でない』と指摘され、彼女の怒りはさらにかき立てられる。

「確かに私は宮女の蓮香を皇后にしようとしてる。それを知ってなお皇后になれる自信を聞かせてもらえるか？」

薇瑜《ビユ》の怒りに逆に冷静さを取り戻した瑛庚《エイコウ》は呆れたようにため息をつく。彼女のように「皇后にして欲しい」と願う人間は、これまで何人も見てきていた。

ただ敵対している遊牧部族の族長の娘から、その言葉を聞くとは思っていなかったのだ。

「私を皇后にしていただければ、こちらの者を陛下に献上いたします」

少女は勝ち誇った様子で、はるか後方で頭を下げて座っていた男の従者の一人を扇で指した。

「ああ、最近、后妃の元を訪れてないのも知っているのだな。だが俺は別に男が……」

好きなわけではない、という言葉を瑛庚《エイコウ》は小さく飲む。

少女が指し示した男の背格好に覚えがあったのだ。

「お気に入りいただけましたか？」

少女は嬉しそうに、コロコロと笑う。

「陛下？」

瑛庚《エイコウ》の様子が先ほどまでと変わっていることに気づき、薇喩《ビユ》は、不安そうに瑛庚《エイコウ》の袖を軽く引く。

その動作には『断ってくれるんですよね？』という願いが込められていたが、瑛庚《エイコウ》には全く伝わっていなかった。実際には伝わっていたが、瑛庚《エイコウ》はそれに耳を貸すことができなかったのだ。

「ど、どこでその者を？」

「先月、草原で狩りをしておりましたところ、仕留めました。右肩に怪我《けが》をしておりますが、必ず陛下のお気に召すと思いまして連れて参りました」

「怪我をしているのか……」

唸るように言いながら瑛庚《エイコウ》は頭を抱える。

「陛下がお気に召さないならば、無用の長物です。処分いたしますのでお気になさらないでくださいませ」

笑顔で「処分」という言葉を使う少女に瑛庚《エイコウ》の苦悩はさらに濃くなる。おそらく単に解放されるわけはない、と察したのだ。

「皇后になることだけが、そなたの望みなのか……」

瑛庚《エイコウ》から絞り出された言葉に薇瑜《ビユ》は、明らかに苛立ったように形の良い眉をしかめる。

「皇后でございます」

即答され瑛庚《エイコウ》は、さらに頭を抱えながら唸る。

「俺は皇后だからと言って特別扱いはしない。皇后だからと言って他の后妃達より愛してやるつもりもない」

一縷《いちる》の望みをかけて、そうつぶやくも「構いません」とアッサリと承諾された。

「私は陛下からの愛をいただきたくて後宮に来たわけではございません」

その言葉に薇瑜《ビユ》は怒りのあまりついには卒倒し、近くにいた宮女らによって部屋から連れ出された。それを見送ると少女は、再びゆっくりと口を開いた。

「メルキト族の族長の娘・オンユが皇后になったという事実が大切なのでございます。陛下が誰を愛されていても構いません。宮女を寵愛《ちょうあい》されたいならば、ご自由になさってください」

蓮香を愛してもいい、初めて聞く言葉に瑛庚《エイコウ》は思わず、なるほどと頷いていた。

「一つ陛下にうかがいたいことがございます」

「なんだ？」

質問することを許され、少女はにんまりと微笑む。

「陛下がその宮女を愛するのに、『皇后』の地位は本当に必要なのでしょうか？　真実の愛に肩書きなど必要ないのでは、ございませんか？」

それは……、と反論しようとして、自分に反論の言葉がないことに瑛庚《エイコウ》は気付かされ、ハッとさせられた。

「少し時間をくれ」

瑛庚《エイコウ》は頭を抱えながら、そう言うのが精一杯だった。

◇◇◇

耀世《ヨウセイ》様が捕まっている――、その事実を聞き私は別棟に向かって林杏《リンシン》と走っていた。

「さっきから同じところを走っている気がするんだけど、気のせい？」

走り抜ける廊下の質感、聞こえてくる話声、香の匂い……。全く同じ場所に差し掛かったために私は思わず林杏《リンシン》に尋ねていた。

「えっと……。そうなんですか？　多分、近いとは思うんですけど……」

彼女を当てにしていた自分ににわかに腹立たしさを感じながら私は静かに耳を澄ます。

別棟は後宮に入る前に后妃が一定期間過ごさなければいけない場所だ。後宮に入る前に神の前で身も心も整える――というのが建前だが、実際のところは後宮に入れる身であるかを確認する場所でもある。

そのため男性経験がないことが確認できれば即後宮に入ることができるが、そうでない場合は月のものが来るのを確認するまで別棟で過ごさなければいけない。今回の后妃は後者にあたるらしく、長ければ一ヶ月は別棟で過ごすとみられている。そこに『宦官・耀世《ヨウセイ》』がいるというのだ。

もし私達が別棟の近くにいるならば、彼の足音を聞くこともできるだろう。全神経を耳に傾けていると微かに剣を振り下ろす音と共に、地面を踏みしめる懐かしい音が聞こえてきた。

「こっちよ」

私は林杏《リンシン》の手を引いて、音のする方へ走る。林杏《リンシン》が時々障害物に当たらないように手を引いてくれるためできる技だ。

「耀世様《ヨウセイ》！」

懐かしい足音が大きくなった瞬間、私はそう言って林杏《リンシン》の手を離し耀世《ヨウセイ》様に向かって駆け寄っていた。

私の声を聞いたのか、剣が地面に転がる音、私に向かって走ってくる足音が聞こえてくる。

「蓮香」

そう言って抱きしめられた瞬間、久々に広がる耀世《ヨウセイ》様の匂いに思わず泣きそうになった。

「お怪我をなされているとか――」

耀世《ヨウセイ》様の右肩から匂う微かな血の香りに、瑛庚《エイコウ》様の話が本当だったことを知る。

「矢に撃たれてな」

かすり傷だと言わんばかりの耀世《ヨウセイ》様だが、血の香りがする場所は胸部にほど近い肩だ。下手をすれば矢が心の臓を貫いていたのではないか、とゾッとさせられる。

「無茶はしない、と仰ったではございませんか」

「いや、撃たれるとは思っていなかったんだ」

「戦場で撃たれたんですよね……」

何を寝ぼけたことを言っているんだと聞き返すが、耀世《ヨウセイ》様は不思議そうに首を傾げた。

「本当に撃たれるような距離ではなかったんだ。草原を挟んで両部族が戦っていたんだが、俺はかなり後方で戦況を見守っていた」

あくまでも戦いに積極的に参加していなかったと知り、思わず胸をなでおろしていた。

「少し——、ほんの少し陰になっていた岩から姿を現した瞬間、矢を射られてな。落馬し、隠れていたメルキト族の兵達に連れ去られた。メルキト族には相当な弓の名手がいるのだろう」

自らが射られながらも敵方の兵の腕前に感心する耀世《ヨウセイ》様に私は思わずムッとする。この人は、私がどれだけ心配したか全く知らないのだろう。

梅の花の砂絵が描かれた手紙が届けられてから一月《ひとつき》。耀世《ヨウセイ》様との連絡が途絶えてから生きた心地はしなかった。

「他にお怪我はございませんか？」

私は耀世《ヨウセイ》様の体を触りながら他に血の匂いがある箇所はないか探すために匂いを必死で嗅ぐが、「やめろ」と口元を手で抑えられた。

「大丈夫だ。何ともない」

「ですが──」

「汗をかいているから、止めてくれ」

その段になり耀世《ヨウセイ》様が嫌がる理由が分かり、思わず笑みがこぼれる。

「今さら何ですか」

「それは──」

「そなたが蓮香か？」

耀世《ヨウセイ》様の声を遮るようにして頭上から投げかけられた声に私は慌てて耀世《ヨウセイ》様から離れた。久々だから油断していたが、相手が耀世《ヨウセイ》様だったとしても、そうでなくても誰かに見られていい姿ではない。

「私はオンユだ。こんな場所から済まぬ。だが出られない故な」

別棟にいる間、后妃は外部と連絡が取れないように軟禁されるのが決まりとなっている。勿論、身の回りの世話をする宮女はいるが、それも後宮の宮女が担当し一緒に連れてきた従者などは後宮の外で待機させられる。

「私はそなた達の味方だ。警戒するな」

そう言った彼女の声からは嘘が感じられなかった。

「そなたも本当は責任が重く大変な皇后など、なりたくないのだろ？」

私は何と返事していいか分からず曖昧《あいまい》に、そうですね……と頷く。

「大丈夫だ。形だけの皇后に私がなろう。薇喩《ビユ》様もそうであろう？　先帝時代に少し関係が悪化した隣国から、この国へ渡ってきた」

そこまで知っているのかと、驚きながら聞いているとそれを肯定と取ったのか、オンユ様はさらに言葉を続ける。

「陛下がそなたを寵愛したい――、機を織らせたいというならば全力で助ける。その代わり私達メルキト族も助けて欲しいのだ」

「助ける――ですか？」

私にできることなど、知れているという意味も含めて尋ねるとオンユ様は楽しそうに笑った。

「私の父は戦好きでな。戦える場があれば好んで出向く。時には戦の理由を作り上げてまで他部族を襲うほどだ」

メルキト族は好戦的な部族だとは聞いているが、それほどまでとは——と唖然としながらオンユ様の話を聞く。

「だがな、それももう古いと思っている。このまま争いを続けるだけでは豊かさは育たない。私は草原にいる遊牧部族を統一したいのだよ。な、耀世《ヨウセイ》？」

そう言われ、耀世《ヨウセイ》様は遠慮がちに小さく笑った。

「意外だった。そなたの部族にそのような考えの者がおるとはな」

捕虜になったという耀世《ヨウセイ》様が、どれ程ひどい仕打ちを受けてきたのかと心配していたが、どうやら陰で親交を深めていたようだ。特に族長の娘とやらとの関係は良好らしい。

説明できない感情が自分の中で大きくなっていくのを感じる。

「そんな難しい顔をしてくれるな。落ち着いたら『病だ』などと理由をつけて皇后の座を降りてもいいと思っているんだ」

「皇后になる時期が延びた——というだけだ」

嬉しそうに頷く耀世《ヨウセイ》様に、さらに苛立ちが増す。何故、会って間もないオンユ様の言葉をそう易々と信じられるのだろうか。

「父も歳だ。私が耀世《ヨウセイ》を使って皇后になる計画を話したら快諾してくれた。ただうちの部族に戦う力がないと思われたくないのだろう。このような茶番を仕組ませてもらった」

どうやら今回のオンユ様からのとんでもない提案は、耀世《ヨウセイ》様との間では予定調和だったらしい。

「そこの宮女！　夜に茶でも持ってきてくれないか？」

「え、わ、私ですか？」

少し後ろにいた林杏《リンシン》は慌てて返事をする。

「そうだ。ここの料理は旨いが脂っこい。口をさっぱりさせたいのだが、甘い茶しか出てこない」

「ならば担当の宮女に――」

言いつけます、と私が言おうとした言葉をオンユ様は「ダメだダメ」と否定した。

「それも考えたが、後宮に入る前から注文の多い女と思われては困る。な、助けると思って頼む」

意外に気さくな人柄に思わず笑顔が漏れる。

「林杏《リンシン》では心もとないので、別の者差し入れさせていただきます」

林杏《リンシン》も黙っていれば普通の宮女に見えるが、この手の仕事は本当に向かない。何かしら問題を起こすのが見えているので私はあえて、オンユ様の依頼を断った。

「それと……、蓮香、遊びに来てくれぬか？」

「私ですか？」

不思議そうに聞き返してみるが、茶の話が出た時点で薄々気付いていたことでもある。彼女は『お茶』が欲しいわけではないのだ。

「私でよければ馳《は》せ参じさせていただきます」

「蓮香、いいのか？」

気遣う様子の耀世《ヨウセイ》様に私は首を振る。

「林杏《リンシン》が、この高い塔に茶を持っていったら茶器が何個あっても足りませんよ」

「え、蓮香様、ひどくないですか？　そこまでそそっかしくないですよ」

林杏《リンシン》の不平を聞きながら私は小さく耀世《ヨウセイ》様とオンユ様に頭を下げ、その場を立ち去ることにした。

「本当に持ってきてくれたのか」

深夜、オンユ様が軟禁されている塔に茶器と共に訪れると、飛び上がらんばかりの勢いでオンユ様は私に駆け寄ってきた。

「お約束いたしましたので」

一緒に来てくれた依依《イーイー》が茶の準備をする音を聞きながら、私は深く頭を下げる。

「まぁ、茶なんていうのは方便だ」

「承知しております」

私は湯気が立つ茶器を手に取り、オンユ様の声がする方向へ差し出す。

「あの場ではお話し頂けないこともあると思いまして」

「なるほど、耀世《ヨウセイ》がべた褒めしていたが本当に、蓮香は賢いのだな」

少しずつ茶器から茶をすすりながら、オンユ様は感心の声を上げる。

「しかし賢いと後宮では住みにくいだろ」

オンユ様は茶器を持ったまま、すたすたと私との距離を開ける。少しして窓枠がきしむ音がし、彼女が窓際に立ったのを知る。

「このような鳥かごみたいな場所に閉じ込められ、アホばかりがいる世界では妬《ねた》まれるのが関の山じゃないか？」

「私は賢いなど……」

「謙遜《けんそん》しなくていいよ。ここは本音で話したい」

世間話をしてはぐらかしてもいいが、新皇后となる人間ならば良好な関係を築きたいのも確かだ。

彼女が皇后になるという動きは微かではあるが、存在しているのも確かだ。メルキト族と友好関係を結べれば、遊牧民族を統一するのも夢ではなくなってくるからだ。

「私はもっと自由な世界にいたけど、それでも息苦しかったよ」

オンユ様がゆっくりと茶器を机の上に置いた音が聞こえてくる。窓際には小さな机のようなものもあるのだろう。

「武術にだって秀でていたし、馬の扱いだって誰よりもうまかった。知略にだって長《た》けていた。今回の件を提案したのも私だ。だけど父上が最終的に私に与えた役割は後宮の皇后」

自嘲気味な笑い声を上げながら、オンユ様は窓枠の格子を握りしめた。悔しさの表れだろう。ミシミシと格子がきしむ音が聞こえてくる。

「ここに来る前、私には恋人がいたんだ」

さらりと格子の間から吹き込む風は生温かく、一緒に運んできたオンユ様の汗の香りから静かな怒りが伝わってきた。

「私を愛しているなら、まだ自由なうちに殺して欲しいって頼んだんだけどね、ダメだったよ」

私達に背を向けているため、依依《イーイー》は気付いていないだろうが、オンユ様は静かに涙を流していた。

「それは……、オンユ様を愛していらっしゃるからではないのですか？」

私が口にした一般論をオンユ様は、小さく鼻で笑った。

「私は『愛』こそが殺人の一番崇高《すうこう》な動機だと思っているんだ」

「愛……がですか？」

とんでもない論法に私は思わず首を傾げる。

「そうだ。犯人だと分かれば死罪を免《まぬが》れられない。そして大抵の場合、捕まるのが関の山だ。蓮香のような切れ者がいれば特にな」

オンユ様は楽しそうにクスクスと笑われる。どうやら、これまで私が解決してきた事件についても聞かされているのだろう。

「それでも殺すことを選んでくれたとしたら——、それは愛だろ」

力なくそう言ったオンユ様の口調は、全てを諦めたかのような響きがあった。

「私は……。愛しているからこそ、生きていて欲しいと思っています」

これはこの半年以上、耀世《ヨウセイ》様に対して感じていた想いだ。

「どこでもいい。何者でもいい。生きてさえいてくれれば、何時か会うことができるかもしれない……。そんな希望を捨てずに生きていけます」

「そうか……」

オンユ様は小さく「そうか……」と繰り返しながら、ゆっくりと格子を握りしめる指を緩めていく。

「そうだったのかもしれないな……」

もう遅い、そんな言葉が続きそうな声の響きを漂わせながら、ゆっくりとオンユ様は長椅子になだれ込むように座った。

「このような夜遅くに、昔話に付き合わせて悪かったな。茶、美味しかった」

もう帰ってよいという合図なのだろう。オンユ様は私に向かってユックリと手を振った。部屋を出ていく時、微かに煙草の煙の匂いが届いてきた。どうやら新皇后になるであろう彼女も煙草の愛好家なのだろう。

その日、眠りについたのは深夜をかなり回った明け方近い時間だった。だからこそまだ日が昇らない時間に林杏《リンシン》に揺り起こされ、私は思わず不機嫌さを露わにしてしまった。

「まだ朝じゃないわよね」

頬にあたる日差しは全く感じられない。おそらく雨や曇り——という天気の問題ではない。

「大変なんですよ！　寝ている場合じゃありません」

「何が大変なの……」

相変わらず的を射ない林杏《リンシン》の言葉に苛立ちながらも私はゆっくりと寝台から降りる。

「依依《イーイー》がオンユ様を殺した罪で捕まったんです」

「依依《イーイー》が⁉　というよりオンユ様が亡くなられたの？」

頭を殴られたかのような衝撃が全身を走る。

「だって、さっきまで……。ほんの数刻前まで一緒にお話をしていたのよ」

林杏《リンシン》は、そうなんですよ、と言いながら深く頷く。

「死因は毒殺みたいなんです。それでお茶を淹《い》れた依依《イーイー》が捕まっちゃったんです」

「確かに、そう思われても仕方ないわね」

私は話を聞きながら着物を慌てて着替える。

以前、無実の罪で投獄された際はとんだ目にあったが、依依《イーイー》に同じ目にあわせるわけにはいかない。

「蓮香様が新しく皇后になるオンユ様に嫉妬したため、依依《イーイー》を使って殺させたって噂もあるんです。それで瑛庚《エイコウ》様が蓮香様を呼んでくるようにって」

瑛庚《エイコウ》様はおそらく事が公になる前に私に謎を解かせたいのだろう。

「塔に行けばいいのかしら？」

簡単な身支度を終え、私は部屋から駆け出しながら林杏《リンシン》に尋ねると、「はい」と強く手を引かれた。

その手に伝わる強さから、どうやらかなり依依《イーイー》の立場は悪いのだということに気づかされた。

「毒殺されたってことは、何の毒が使われたかは分かっているの？」

「えっと……なんでしたっけ、虫みたいな鳥みたいな名前でした」

林杏《リンシン》に聞いた自分に、思わず大きなため息が漏れてしまう。指示されたことも数歩歩けば忘れる彼女に、毒の名前を記憶しておけというのが無理な話なのだ。いくら慌てているからと言って、それを林杏《リンシン》に尋ねた自分の愚かさに出たため息だった。

「トリカブトじゃないかしら」

林杏《リンシン》は、あーと少し考えるかのように呟くが、少しすると諦めたのか、「そんな名前だったような気もします」と言い切った。

「蓮香」

塔にあるオンユ様の部屋にたどり着くと、最初に出迎えてくれたのは耀世《ヨウセイ》様だった。

「瑛庚《エイコウ》様って言ったわよね」

林杏《リンシン》に小さく耳打ちすると「そうですよ」と林杏《リンシン》は悪びれた様子もなく頷く。どうやら目の前の皇帝の恰好をしている耀世《ヨウセイ》様を瑛庚《エイコウ》様と勘違いしたのだろう。

「依依《イーイー》が捕まっていると聞きました」

「ああ、今衛兵達が話を聞いている」

どうやらまだ牢には入れられていないのだろう。私は少しホッとしながら部屋の空気をゆっくりと吸い込む。

吐しゃ物の匂いに混ざった血の香り、そして微かに漂う煙草の香りは、おそらく彼女が別れ際に吸おうとしていた煙草のものだろう。

「自殺ではないのですか?」

ここに来るまでに私が考えていた答えの一つだ。耀世《ヨウセイ》様達の前では気丈に振舞っていたオンユ様だが、最後に私と言葉を交わした彼女ならば自ら死を選んでも不思議ではなさそうだった。

「それはない」

耀世《ヨウセイ》様は、すっぱりと断言した。

「オンユのように自ら望んで后妃になる人間もいるが、中には無理やり後宮に連れて来られた人間もいる」

華やかな印象のある後宮だが、女性が全員「入りたい場所」というわけではないだろう。

「特に軟禁状態だ。中にはこの部屋にいる間に自殺する人間もでてくる。だから毒を持っていないか、長い紐《ひも》を持っていないか——自殺しないように持ち物は細かく確認してから部屋の中に入れている」

なるほど、と私は頷く。オンユ様は毒を持っていなかったため、毒で死ぬには誰かに飲まされなければいけない。つまり殺人しかないというのだろう。

「ちなみにオンユ様はどちらで亡くなられたんですか？」

「窓際の長椅子の上だ。近くの机には依依《イーイー》が淹れた茶が入った茶器が置いてあった」

おそらく私達が去った後、オンユ様は長椅子の上で煙草を吸われていたのだろう。その最中、毒により亡くなったとみるのが自然かもしれない。

「依依《イーイー》なのか」

手を引かれ窓辺に立つと、耀世《ヨウセイ》様はそっと耳うちをした。確かに林杏《リンシン》と違い私に尽くしてくれる彼女ならば、私が頼めば毒殺の手引きもしてくれるだろう。

「依依《イーイー》は犯人ではありません」

私達を遠巻きにしている宮女達に聞こえるようにハッキリと断言する。

「まず依依《イーイー》が個人的にオンユ様に対して恨みを抱いているとは不自然です」

そこまでして私が皇后になりたいと思っていないことを彼女は誰よりも知っているはずだ。そして麻花売りだった依依《イーイー》が、遊牧民族のオンユ様と個人的なつながりがあるはずはない。

「そしてもし私が主犯格で依依《イーイー》を使って毒殺をするならば――、もう少し賢いやり方をします」

このような状況で毒殺しては、自ら犯人と言っているようなものだ。

「そ、そうだな」

依依《イーイー》を犯人だと決めつけられて、私が怒っていることに気付いたのだろう。耀世《ヨウセイ》様は慌てた様子で、すまないと短く謝ってくれた。

「では一体誰が……」

「こちらにあるのが、オンユ様のご遺体ですか？」

長椅子があるであろう場所からは、部屋に入った時に感じた匂いが強く放たれていた。

耀世《ヨウセイ》様のそうだ、という言葉を合図に　私はゆっくりと彼女の顔に指を這わす。苦痛に歪《ゆが》んでいるのかと思っていたが、意外にも眉間に皺は寄っておらず穏やかな表情を浮かべていることに驚かされる。

そのまま口元を避け、首から襟元《えりもと》にかけて指を這わせた瞬間、彼女の襟元が微かに濡《ぬ》れていることに気づく。指についた臭いをかぐと血の匂いがした。

「おそらく毒を飲んで苦しんでいる最中に床に頭を打ったのだろう。頭部から出血している」

耀世《ヨウセイ》様はそう説明するが、床の上には血や吐しゃ物の匂いはしない。それまで依依《イーイー》が用意したお茶にどのようにして毒が仕込まれたのかを考えていたが、耀世《ヨウセイ》様の言葉に、私の中で新たな可能性が生まれた。

「窓格子に傷がある場所、ございませんか」

「き、傷？　今日は月が出ておらず、暗い故分からぬ。誰か、灯りを持て」

宮女がバタバタと灯りを用意するのを待ちきれず私は、格子に一つ一つ指をはわせてみると。案の定、格子には一本の太い傷が刻まれていた。その傷があったのは、ちょうど私の目元にあたる格子の場所だ。

「今回の殺人は、毒殺ではありません。矢で射られて殺されたのでございます」

「矢で？　しかし矢なぞ一つも落ちていなかったぞ」

現場に矢が落ちていれば、おそらく「毒殺」という結論には至らなかっただろう。

「矢は犯人が回収したのでしょう」

「何故そのようなことが分かる」

不思議そうに顎を触る耀世《ヨウセイ》様の手を取り、格子の傷部分を触らせる。

「ここに、まだ新しい傷が残っております。おそらく犯人は矢に紐のような物をつけて打ち込み、オンユ様が亡くなったのを確認して紐を引いたのでしょう。その時にできた傷かと思われます」

なるほど、と感心している耀世《ヨウセイ》様を横に私はオンユ様の豊かな髪に手を突っ込み、頭皮にゆっくりと指を這わせる。少しすると後頭部に小さな穴が開いている場所が指に触れた。

「やはり矢が当たった跡がございます」

おそらく髪が邪魔をして、外傷を見付けられなかったのだろう。

「犯人は窓際に立っていたオンユ様に向かってトリカブトの毒がついた矢を打ち込んだのでしょう」

「オンユの部族でもトリカブトの毒矢を使っていたな……。ということは、同族によって殺されたということなのか？　部族のために後宮に来たのに？」

私はゆっくり首を横に振る。

「おそらくオンユ様も共犯でございます」

「共犯⁉　何を言っている。死んでいるんだぞ」

驚いたように声を荒げる耀世《ヨウセイ》様の手を取り、落ち着くようにゆっくりと握り返す。

「一般的に矢は目標物に当たった際、簡単には抜けません。勿論、近くにいて力任せに抜けば可能ですが今回のように紐を引っ張って抜けるようなものではございません」

仮に紐を引いて抜けるような矢だったとしても、その衝撃でオンユ様が長椅子から落ちる可能性が大いにある。今回のように長椅子の上で静かに死ぬということはないだろう。

「つまりオンユ様は自分自身で弓を引き抜き、相手に回収させたのでしょう」

「蓮香、矢は返しが付いている故、簡単に抜けぬ。さらに肩に刺さった矢なら別だが、頭に刺さったものを抜くのは無理がある」

耀世《ヨウセイ》様の反論に、私は静かに頷く。

「それは、もし矢が頭を貫いていたら……、の話ではございませんか？」

私は窓辺に立ち、耀世《ヨウセイ》様へ手招きをする。

「ここへ矢を打ち込む――となると、かなりの距離から打ち込んだのではないでしょうか。その上で頭に貫通する程、矢に威力は残っているでしょうか」

近距離で力任せに打ち込めば不可能ではないが、小さな格子を狙い遠方から射る矢の威力はたかが知れているだろう。

「オンユ様は後宮だからかもしれませんが、夜間でありながらつけ毛をして髪を結い上げられていらっしゃったようです。ここに矢が刺さり髪によって矢の威力が軽減され、貫通することなく頭皮に傷をつけたのでしょう」

「それは単に矢が刺さったから抜いた――というわけではないのか」

「勿論、その可能性もあります」

遊牧民である彼女ならば、矢が刺さっても冷静に自分で抜いても不思議ではない。

「ですが今日は月が出ていない日と耀世《ヨウセイ》様はおっしゃいました」

「ああ、さらに雲も出ている故、星明りすら頼りにはできぬ」

「その状況下で、どうやって矢を打ち込めたのでしょう」

どんな弓の名人でも、的となる場所が分からなければ矢を打ち込むことなどできないはずだ。

静かに唸る耀世《ヨウセイ》様の手を私は再び握りなおす。

「犯人に対して、オンユ様は合図を送ったのです」

「合図？　布か？　灯りか？」

どれでもないと私は首を横に振る。

「煙草でございます」

この違和感に最初に気付くべきだった。お茶を淹れるために塔を訪れた時、この部屋から煙草の匂いはしていなかった。常用性のある煙草にもかかわらず、部屋から香りがしないということは、オンユ様は愛煙家ではないのだ。

「私達が部屋を出た時に、オンユ様が煙草を吸い始められました。火をつける灯り、これが犯人の目印となったのでしょう」

なるほど、とまだ納得していない様子の耀世《ヨウセイ》様に私は言葉を続ける。

「塔での生活といっても、あくまでも后妃になる人間が住まう場所です。非常に広く窓もいくつも存在します。相手が狙える場所にいる窓辺にたまたまオンユ様が立っている確率はどれほどのものでしょう？」

「では犯人は誰なんだ」

殺害方法よりもさらに大きな問題があった。

「この格子窓から見える場所で、この塔へ矢を打ち込めそうな場所、ございませんか？　おそらくある程度高さのある建物かと思います」

「そうなるな。ここから見える、ある程度高さがある建物と言えば、禁軍の駐屯所がある」

「禁軍の駐屯所ですか……」

皇帝の警備などを行うこともあり、決して大きくはないが禁軍の駐屯所が城内に存在する。

「ああ、間違いない。あの趣味の悪い獅子《しし》の置物が屋根の上にあるからな」

私が必死で考えを巡らせていると、

「禁軍といえば、副将軍の元璋《ゲンショウ》も可哀想に」

耀世《ヨウセイ》様はふと思い出したようにそう呟いた。

「元璋《ゲンショウ》様が？　今度、禁軍の将軍になるんですよね？」

李《リー》将軍の後任として就任が決まった、と聞いていただけに『可哀想』の意味が分からず首を傾げる。

「ここだけの話だが、オンユと昔恋仲だったらしい。禁軍の将軍職を快諾したのも、オンユを警備できると思っていたからだろう」

「恋仲……」

とんでもない勘違いをしていたことに、気づき私は思わず言葉を失う。

オンユ様の口ぶりからすると、後宮に入る直前に別離した恋人がいると思い込んでいたのだ。

「犯人が分かりました。急いで出兵の準備をしてください」

私は耀世《ヨウセイ》様の手を強く握り、本当は言いたくない言葉を絞り出す決意をした。

◇◇◇

空の端がゆっくりと色づき始めた頃、普段は見られない商人達の姿が城壁の前にあった。城壁といっても門もなければ入口もないため、衛兵の姿はなく商人達の一団がいるだけだった。

「蒸し暑いな……」

商人風の男は恨めしそうに、小さくため息をつく。夏用の着物と決して厚手ではない衣類だったが、その下に革製の甲冑《かっちゅう》を着込んでいるため全身から汗が噴き出すような暑さを体感していた。

「草原と違って、じめじめしているよな」

商人の隣にいた男も額に浮かぶ汗を腕で拭《ぬぐ》いながら、友人の言葉を肯定する。

「でもこれが成功したら、俺達、将軍にだってなれるぞ。ここは後宮の裏側だからな。大物の首を取れる可能性が一番高い」

「絶影《ゼツエイ》貰えるかな……」

競馬では圧倒的な勝率を誇る流星王《リユウセイオウ》に、ナーダムで全くひけを取らなかった皇帝の愛馬である絶影。勿論だが、彼らの間でも話題にはなっていた。

「絶影を狙っている奴は多いからな……。それこそ皇帝の首を取るぐらいのことしないと無理だろ」

「俺、頑張るよ」

「最近の商人はずいぶん、物騒な商談をするのだな！」

城壁の上から投げかけられた言葉に、商人達はビクリと肩を震わせる。城壁に誰かがいるとは思っていなかったのだ。

「は、はは、冗談でさぁ」

もしかしたら肝心なところは聞かれていないかもしれない……。そんな微かな希望と共に商人は作り笑いをして見せる。

その隙《すき》に……と、もう一人の男が積み荷に隠していた弓に静かに手を伸ばしたが、次の瞬間今度は「弓を取る音がしました！」という女の声が城壁の上から投げかけられた。

「無駄な抵抗はするな。包囲されている！」

商人達は慌てて周囲を見渡すと、暗闇の中からゾロゾロと禁軍の兵が現れる。気付かないうちに包囲——しかも全く抵抗できない状況に陥っていた事実に商人達の背中に冷たいものが走った。

「奇襲をかけるつもりだったのだろう」

城壁の上の男は勝ち誇ったように、そう叫ぶ。

「確かに数十人だとしても、朝方に奇襲をかけられれば皇帝の首も取れたかもしれんな。悪い策ではないが……、この者達を捕らえよ！」

その言葉を合図にするように一斉に出てきた衛兵達に縄をかけられながらも、男達の目には希望の光は消えていなかった。

言葉にはしていなかったが、仲間が助けに来る、と信じて疑っていなかったのだ。

「そなた達の仲間は既に、城内におるぞ」

城門の上の男は彼らを絶望の底へと突き落とす。

「大牢の中で感動の再会をするといい」

小さく鼻で笑うと隣にいた女の手をとり、足早に後宮へと戻っていった。

後宮の大広間で皇帝の姿をした瑛庚《エイコウ》様を中心に、左側に宦官の姿をした耀世《ヨウセイ》様、右側に薇喩《ビユ》様が並んでいた。私は彼らのはるか後方で宮女の一人として、今回の事件がどのような顛末《てんまつ》を迎えるのか静かに聞き耳を立てていた。

「何かの間違いだろう」

そんな彼らの前に、そう言って跪いたのはオンユ様の父だった。都《みやこ》内で商人風の恰好をしていたところを確保されたのだ。

「なるほど、行き違いがあったと」

瑛庚《エイコウ》様は、少し大げさなまでに心配そうな声を上げた。

「そうです。娘の皇后への就任の儀を見るために、やってきたまでで――」

「親子して図々しい」

薇喩《ビユ》様は忌々しそうに吐き捨てると、オンユ様の父親は下卑た笑い声を上げる。笑う以外に何も語らなかったが、薇喩《ビユ》様の怒りを掻き立てるには十分だったようだ。

「な、なら何故、甲冑を着込んでおった！」

感情的に叫ぶ薇喩《ビユ》様を、オンユ様の父親が鼻で笑う番だった。

「女は黙れ！　我は『神の子』バータルだ。女ごときがそう易々、声をかけていい相手ではない！」

「な、なっ‼」

久々に『女』というくくりで、発言を許されなかったのだろう。薇喩《ビユ》様は怒りで言葉を失っていた。

「薇喩《ビユ》、大丈夫だ。座れ」

瑛庚《エイコウ》様は、肩で息をしている薇喩《ビユ》様の肩を優しくたたくと近くにあった椅子にユックリと座らせる。

「して、我が娘・オンユはどこに？　後宮に呼ばれたので、てっきり会わせていただけるのかと思っていたが……」

どうやら彼の中で『捕縛された』という事実はなかったこととして話が進んでいるのだろう。

「昨夜、何者かによって毒殺されました」

「ど、毒殺⁉」

明らかに大げさに驚いて見せるバータルに私は静かな怒りを感じずにはいられなかった。

「大切な娘を……。もしや皇后様に暗殺されたのではございませんか⁉」

勢いよく立ち上がり瑛庚《エイコウ》様達に向かって距離を縮めようとしたため近くにいた衛兵らが、その腕を掴み慌てて地面に跪かせる。

「そのことについてだが犯人は既に捕まっておる」

「誰だ⁉　もしや陛下から厚い寵愛を受けているという宮女がしでかしたのか？」

やはり演技がかった口調でバータルは、恨めしそうに唸る。確かに彼が九死に一生を得られるとするならば、娘が後宮側によって殺されたという事実を引き出すしかないだろう。

「禁軍の副将軍・元璋《ゲンシヨウ》だ」

「げ、元璋《ゲンシヨウ》⁉」

明らかに焦ったと言わんばかりの声に瑛庚《エイコウ》様は静かに笑うと「元璋《ゲンシヨウ》をここへ」と右手をゆっくりと上げる。

少しすると縄でつながれた元璋《ゲンシヨウ》様が衛兵らと共に広間へとやってきた。

「元璋《ゲンシヨウ》、オンユを殺したのだな」

「……」

耀世《ヨウセイ》様の尋問に元璋《ゲンシヨウ》様は無言で頭を下げるばかりだった。

「な、何故、元璋《ゲンショウ》がオンユを殺さなければならない」

バータルは慌てたように元璋《ゲンショウ》様をかばい始めた。

「二人は元々、仲がよく……。元璋《ゲンショウ》が、オンユを殺すなど何かの間違いだろう」

「都へ攻入るための理由が必要だったのだろ?」

耀世《ヨウセイ》様は吐き捨てるように、そう言った。

「娘が後宮で殺された――、なかなか悪くない理由だ」

瑛庚《エイコウ》様は感心したように頷いた。

「正当な理由があっても草原から都に入ってくる間には国を囲むようにして長城がある。これを乗り越える間に戦になり、都は落とせないと思った」

これまでの歴史の中で遊牧民との間で戦になりながら、都が戦場となっていないのは、三階から五階ほどの高さを誇る外壁が国境付近に張り巡らされているからだろう。勿論だが外壁には衛兵らが交代で見張りをしており、そう易々と我が国への侵入を許すことはない。

「だからこそ娘の後宮入りを理由に都に入り、オンユの死が明らかになった瞬間、奇襲をかけようとしていたのだな」

おそらく都には部族の中でも少数精鋭の部隊を紛れ込ませたのだろう。そして朝方にはオンユ様の遺体が発見されるという前提で奇襲をかける予定だったに違いない。

耀世《ヨウセイ》様の言葉を肯定するようにバータルは、憎々しそうに唸る。

「そこでオンユは、どうせ死ぬならばと元恋人である元璋《ゲンシヨウ》に殺害を依頼した。元璋《ゲンシヨウ》は、成功の報酬として新国家の将軍職でも約束されていたのか――」

瑛庚《エイコウ》様は呆れたように、そういうとそれまで頭を垂れていた元璋《ゲンシヨウ》様が慌てた様子で顔を上げ、勢いよく首を横に振った。

「将軍など！　陛下を裏切っておきながら生きながらえるつもりなどございませんでした」

「口では何とでも言えよう」

呆れたように耀世《ヨウセイ》様は、元璋《ゲンシヨウ》様の言葉を切り捨てた。

「嘘ではございません！　奇襲がかかると同時に自害するつもりでございました。ただ、あまりにも早く事件が解決してしまったため、遺書を書いている最中に捕まったのでございます」

元璋《ゲンシヨウ》様の独白中に、静かに耀世《ヨウセイ》様が私の側に来ると「本当か？」と耳打ちをした。

私は静かに頷く。

元璋《ゲンシヨウ》様の口調から嘘は全く感じられない。どちらかというと生きながらえていることに絶望しているという印象の方が強かった。

「何故、愛した者を殺した。後宮に来たことが許せなかったのか？」

瑛庚《エイコウ》様の言葉に、元璋《ゲンシヨウ》様は自嘲気味に笑った。

「逆です。私が彼女に恨まれていました。何故、メルキト族から連れ出してくれない――と」

元璋《ゲンシヨウ》様は辛そうに、ゆっくりと涙をこぼし始めた。

「そんな彼女が最後に願ったんです。私に『殺して欲しい』と」

「それで殺したと？」

「誰かも分からないような人間に殺させるぐらいなら、私が殺したかった。そして私が都へ行くとき与えられなかった自由を彼女に贈りたかった……」

苦しそうに独白すると、元璋《ゲンシヨウ》様は再び頭を垂れ静かに「私も殺してください」と小さくつぶやいた。

「おまえええええ！」

そんな元璋《ゲンシヨウ》様に怒りを露わにしたのは、バータルだった。

「死ね！　勝手にお前なんぞ死ね！　黙って勝手に死ね！　どうしてくれる!!　これまでの計画が全て台無しだ！」

「ようやく認めるか」

私の隣に立つ耀世《ヨウセイ》様は呆れたように呟いた。

「いつからお前らはそんな腑抜《ふぬ》けになった！」

突然、バータルが叫ぶようにしてそう言った。どうやら言い訳ができないと分かり本性を現したのだろう。それは広間の地面が震えるほどの大きな声だった。

「皇帝の座についたと思ったら二人で一人なんて半人前なことをしよって！　自分達の周りには去勢させた男と女だけを侍《はべ》らせ――、何が皇帝だ！　お前らは官吏に飼われている羊と同じだ！」

羊や馬は群れで生活する以上、繁殖期には雄同士の争いが生じるという。そのため遊牧民の間では出来のよい雄以外は去勢するという風習があるのだ。

「遊牧民の俺達は、俺達らしく全て奪って手に入れればいい！　都だけではない！　政《まつりごと》も女もだ！」

四人の兵に抑えこまれていたバータルは、その衛兵達をゆっくりと押し返しながら立ち上がる。だが耀世《ヨウセイ》様は動じた風もなく「それは違う」と短く言い放った。

「私は、この宮女を大切にしているが、力で支配してもこの者の心が手に入らないことを知った」

耀世《ヨウセイ》様はそう言うと、そっと私の手を優しく引き自分の隣に立たせた。

「お前は何故、遊牧民が家畜を飼いならすことができたか知っているか？」

耀世《ヨウセイ》様の突然の問いにバータルは「知るか！」と吐き捨てるようにしてそう言い、小さく舌打ちする。どうやら知識を問われる問答は彼の得意とするところではないのだろう。

「野生の動物は、そんなに簡単に人間を信用しない。それはお前も痛い程知っているはずだ。だから俺達の祖先は動物と共に生きることを選んだ」

バータルは肩で息をしながら、耀世《ヨウセイ》様の言葉に耳を澄ませているようだ。

「何故、遊牧民は移動して生活をしなければいけない。家畜を管理して飼うだけならば、一定の場所に住めばいいだろ」

遊牧という生き方は牧草を求めて様々な土地を転々とするという利点もあるが、それ以上に生活が安定しないという不安が常に付きまとう。小さな子供を育てることなどを考えれば、一定の場所に住んで生活している方がはるかに楽に違いない。

「それでも俺達が移動するのは、野生の動物の習慣に寄り添ったからじゃないのか？」

私は静かに、なるほどと感心する。我が国に隣接する地域で生活する遊牧民だが、文字という文化を彼らが持たないため、その生活習慣はあまり紫陽国では知られていない。それと同時に彼らの生活の起源を研究する学者なども皆無に等しい。そのため遊牧民が何故、定住しなかったのか——という説は初めて耳にするものだった。おそらく都での生活を経て再び遊牧民の生活を経験した耀世《ヨウセイ》様だからこそ出てきた見解に違いない。

「俺達遊牧民は争いに身を任せるのが本来の姿ではないはずだ。先人達が行ったように流れに逆らうのではなく、それに寄り添い柔軟に生きるのが俺達遊牧民の本来の生き方ではないのか？」

この段になっても必死でバータルを説得しようとする耀世《ヨウセイ》様の熱い想いが伝わってくるような気がした。

「何もメルキト族を私達の支配下に置こうなぞと思っていない。我が国に寄り添い共に生きて欲しいだけなのだ」

「はははは！」

耀世《ヨウセイ》様の話が終わると、バータルは壊れたように大声で笑い始めた。

「面白い！　その娘か。ああ、そなた達を腑抜けにしたのは、その娘か！」

バータルはそう言うと、衛兵達を引きずりながら私の方へと近づく。慌てて四人の衛兵がさらに足元を押さえ、その歩がようやく止まった。

「盲目の娘がそれ程大切か」

「ああ、何よりも大切だ」

耀世《ヨウセイ》様は、そう静かに断言してくれた。

「なら取引しよう」

「取引？」

耀世《ヨウセイ》様は訝し気にそう尋ねる。その気持ちは分からなくもない。バータルにこれ以上、切れる手札はないはずだ。

「その娘にかかっている盲目の呪いを解こう」

「は、は⁉ の、呪いだと？」

驚きの声を上げたのは瑛庚《エイコウ》様だった。私も突然の提案に思わず耳を疑う。

「その日、突然見えなくなったであろう？」

そう投げかけられ、私は静かに頷く。

「子供の頃に突然、高熱が出て目が見えなくなりました」

当時、高熱が出るような流行《はや》り病もなかったことから、突然の高熱に周囲は首を傾げた。里にいる医師が「どうすることもできない」と匙《さじ》を投げた矢先に熱が下がったが、その代償であるかのごとく私は光を失った。

その当時について思い返すが、『呪い』をかけられたような記憶はなくバータルの話は信憑性《しんぴょう》が欠ける気がした。

「だが、何故呪いだと分かる」

私の気持ちを代弁するかのように耀世《ヨウセイ》様は尋ねてくれた。高熱が出て失明した事実を調べようと思えば誰でも調べられるだろう。

「その呪いを教えたのが俺だからだよ。その娘に呪いをかけたいという人物が我が部族に訪れたことがあった」

衝撃の事実に私は思わず言葉を失う。だがそれと同時に、その可能性は大いにありえると内心では納得していた。確かに私が村に伝わる秘伝の機織りの方法を身に着けたのは、目が見えなくなってからだ。そして里の大人達は機を織れるようにするためならば、平気で人に呪いをかけるような人間だ。

「嘘だろ……。じゃあ、蓮香は目が見えるようになるってことなのか？」

瑛庚《エイコウ》様の驚愕の声にバータルは、嬉しそうに「そうだ」と頷いた。自分の持っている手札に価値があることを実感できたからだろう。

「その代わりに皇帝の座を寄こせ」

形勢逆転したと思ったのだろう。バータルは自信ありげにそう言い切った。

「そんなことで、いいのか？」

それに直ぐ様反応したのは、耀世《ヨウセイ》様だった。

「いけません！」

小さく叫んだ私の言葉を受け、瑛庚《エイコウ》様は驚いたように勢いよく私に振り向く。

「しかし見えるようになるのだぞ？」

何を馬鹿なことを言うんだ、と言った調子でそう言った瑛庚《エイコウ》様もまた耀世《ヨウセイ》様が退位することに反対ではないのだろう。

「蓮香の目が治るならば、安いもんだ。何時でも皇帝の座なぞ退く」

瑛庚《エイコウ》様の後押しを受けたこともあり、再びそう言った耀世《ヨウセイ》様の声には既に退位することが決定事項であるかのような響きすらあった。

「耀世《ヨウセイ》様！」

私は思わず声を荒げていた。

この段になり私は、ようやく自分が抱えていた不満の正体に気付かされた。

耀世《ヨウセイ》様は私のこととなると周囲が見えなくなる。私はその危うさが怖く、そして何よりも愛おしく思っている。単に怖いだけならば、彼から離れればいい。だが、彼に対する愛情が私にそれをさせなかった。だからこそ耀世《ヨウセイ》様に対する愛情を抱え続けるのは非常に苦しいのだ。

ここまでは自分でも理解できていたが、その原因が分からなかったのだ。だが今ようやくその原因にたどり着くことができた。

私に彼の危うさを支え、守るだけの力がないのだ。

それは彼が皇帝で、私が一介の宮女だからだ。

彼が後宮から死を偽装して出て行った時も私は蚊帳《かや》の外にいた。彼の死に直面するのは非常に辛い経験だったが、それは瑛庚《エイコウ》様の私に対する配慮だった。確かに一介の宮女の私には、その計略を知らされても何もできなかっただろう。

では……、どうしたらいいのだろう――。

「お二人には……。いえ、皆様には私は可哀想な存在に映るのでしょうね」

私は小さくため息をつく。今まで痛いほど感じてきた事実だ。目が見えないと伝えると多くの人は「可哀想」と同情する。そして弱く役に立たない人間であると、私を半人前であるかのように扱う。それは耀世《ヨウセイ》様達も同じだ。いつも大切に大切に扱ってくれるが、その根底には同情という感情が存在しているのを私は知っている。

「ですが！」

私は胸を張りバータルに向かってはっきりと声を上げる。

「確かに私は目が見えないが、目の見えているあなた達よりも見えている物は多い！」

足音で遠くからでも誰が来たのかだって分かる。

その人の息遣いで嘘をついているのか、焦っているのかどうかも分かる。

「例えばバータル様、まだ対等な立場であるかのように振舞っていらっしゃいますが、汗からは焦りと恐怖の香りがします。殺されるのが分かっているのでしょう？」

微かに震える私の手を強く握ってくれている耀世《ヨウセイ》様の手からは、温かい愛情が伝わってくるのだって分かる。おそらく彼は私のことを心配そうな表情で見つめているに違いない。

「勝手に同情して憐れむのは止めてください」

今度はゆっくりと耀世《ヨウセイ》様に向き合う。

「私は貴方に守られるだけの人生を歩みたくはございません」

私の全身からあふれる怒りに気付いたのか、耀世《ヨウセイ》様は「蓮香……？」と不安げに私の名前を小さく呼んだ。

「だから私は皇后になります」

広間に響く程、はっきりと言い放つと周囲からザワザワと喧噪が広がる。だが微塵《みじん》も後悔も焦りもなかった。

「蓮香……」

気圧《けお》されたように、そう言った耀世《ヨウセイ》様の手を静かに握り私は微笑む。

「これが耀世《ヨウセイ》様の愛情に応えるための唯一の手段だと思っております」

皇帝である彼の隣に立ちたいならば『皇后』になるしかないのだ。部屋に帰り心を落ち着けるための一杯の茶が『宮女』である私ならば、『皇后』という立場は彼と共に戦う剣だろう。

その立場の先にある世界が、決して華やかなだけではないことを私は知っている。だが耀世《ヨウセイ》様とならば、その険しい人生も歩める気がした。

「私は盲目のまま皇后になりとうございます」

憐れむのでも同情するのでもない。

対等な人間として愛して欲しい――。それが私の願いだった。

おそらく心根の優しい耀世《ヨウセイ》様には、それは非常に難しいことだろう。だが何時かこの想いは伝わる――いや伝えてみよう、と私はその日、静かに決意をした。

◇◇◇

「じゃあ、行くよ」

後宮の直ぐ側にある厩舎《きゅうしゃ》の中で、瑛庚《エイコウ》様はちょっと散歩に行ってくると言った口調でそう言った。

だが彼の服装は皇帝の漢服でもなく、宦官のそれでもなかった。瑛庚《エイコウ》様からは微かに皮の匂いが漂ってきており、おそらく遊牧民ならではの革製の着物を纏《まと》っているに違いない。ナーダムの時のように遠目から見れば、彼が皇帝であると気付く人はいないだろう。

「一人で大丈夫か？」

少し声を硬くした耀世《ヨウセイ》様は、長らく一緒に暮らしてきた双子の弟が自分の元から去ることに一抹《いちまつ》の不安を感じているのだろう。確かに耀世《ヨウセイ》様がいない後宮に愕然としたのと同様に、瑛庚《エイコウ》様がいない後宮など想像することができなかった。

「バータルが死んで、メルキト族は烏合《うごう》の衆と化したからな。計画的に俺を暗殺なんて芸当、できないだろ」

メルキト族の族長であったバータルは謀反を起こした罪で死罪となった。娘であるオンユ様と元璋《ゲンショウ》様の気持ちを知りながら、自分達の目的のために利用したあの男が迎える最期としては手ぬるい気もした。

だが遊牧民を統一するという目的のためには、より重い見せしめ的な刑を科すことは憚《はばか》られた。今回の刑も秘密裡に執行され、バータルらは突然失踪という扱いにされている。

「長城を出たら、おっちゃんも迎えに来るっていうしさ、大丈夫だよ」

皇帝の愛馬である絶影《ぜつえい》の顔を愛おしそうに撫でながら、瑛庚《エイコウ》様は何でもないといった風にそう言う。

「まぁ、それにひと段落したら——」

「瑛庚《エイコウ》様っ！」

そんな瑛庚《エイコウ》様の言葉を遮ったのは薇喩《ビユ》様の声だった。肩で息をしながら厩舎へ駆け込んできた薇喩《ビユ》様の足音に私は思わず耳を疑った。

何時もならば最低でも五人の宮女を連れ歩いている薇喩《ビユ》様だが、彼女以外の足音は聞こえてこなかった。さらに私を驚かせたのは、靴の音だった。

薇喩《ビユ》様は必ずコツコツと鳴る靴を履いているのだが、その日は皮で作られた靴を履いておりその足音はペタペタと静かなものだった。

「び、薇喩《ビユ》、その恰好はどうした」

瑛庚《エイコウ》様もやはり驚きを隠せないようだ。

「遊牧民の着物を用意させました」

どうやら靴だけでなく着物もまた遊牧民の着物を着用しているようだ。確かに薇喩《ビユ》様が厩舎に駆け込んできた時から、動物の毛を固めた不織布独特の匂いがしていた。

「似合っておりますでしょ？」

「まぁ、薇喩《ビユ》は美人だから何を着ても似合うとは思っていたが……」

瑛庚《エイコウ》様は、サラリと薇喩《ビユ》様を褒めつつも声の調子は決して軽くならない。

「なんで、そんな恰好してるんだ？」

瑛庚《エイコウ》様の疑問は尤《もっと》もだ。薇喩《ビユ》様はいつも豪華絢爛《ごうかけんらん》な着物を重ね優雅に歩くことをよしとしていた。確かに皇后たる威厳を演出するには最高の小道具でもある。そんな薇《ビ》喩《ユ》様が簡素な遊牧民の衣装を身にまとうなど、前代未聞の出来事だ。

「私もお連れ下さるお約束です」

泣きそうな声でそう言った薇喩《ビユ》様の声は、後宮では初めて聞くような弱々しいものだった。

「瑛庚《エイコウ》様のいらっしゃらない後宮で生きている意味などございません。どうぞ――、どうぞお願いいたします」

縋《すが》りつくようにして、そう言った薇喩《ビユ》様に瑛庚《エイコウ》様は、喉を鳴らすように小さく笑い声を上げた。

「耀世《ヨウセイ》の前でそんなこと言うなよ」

必死で笑いを堪えているという風な瑛庚《エイコウ》様だが、薇喩《ビユ》様は動じた風はない。

「私の伴侶は、瑛庚《エイコウ》様ただお一人でございます」

その告白に、瑛庚《エイコウ》様は何かを考えるかのように少しの間黙るが、やがて「いいよ」とあっさり頷いた。

「分かった。連れて行こう」

瑛庚《エイコウ》様の言葉に驚かされたのは、私だけではなかった。耀世《ヨウセイ》様は「正気か⁉」と小さく叫び、薇喩《ビユ》様は力が抜けたようにその場に座り込んだ。真剣に頼みながらも、連れて行ってもらえるわけがないと思っていたのだろう。

「だけど、直ぐに後宮に戻ってくるぞ？」

その言葉に薇喩《ビユ》様は「は？」と素っ頓狂な声を上げる。

「いや、今回のメルキト族の件で、ちょっとおっちゃんの所に行かなきゃならなくてさ。ほら耀世《ヨウセイ》、矢で撃たれているだろ？」

耀世《ヨウセイ》様の傷口は既に塞がっているが、馬での遠乗りなどは耐えられないと瑛庚《エイコウ》様がその役を買って出たのだ。

「まぁ、次の月には戻ってくるから、あえて言わなくていいかと思ったんだけど

「──」

「わざとでございますね」

瑛庚《エイコウ》様の声にかぶせるように言った薇喩《ビユ》様の声は、いつもの硬く凛とした彼女のそれに戻っていた。

「そなた達、わざと瑛庚《エイコウ》様が出ていかれる──と妾《わらわ》付きの宮女に伝えたな」

薇喩《ビユ》様の厳しい視線を感じながら、私は素知らぬふりを決め込む。耀世《ヨウセイ》様も何のことだ、と首を傾げた。

「そんな怖い顔をするな」

瑛庚《エイコウ》様は、軽やかに絶影にまたがると小さく笑いながらそう言った。

「心配するな。俺が後宮を出ていく時は薇喩《ビユ》も連れていくから。今回は留守番しておけ」

そう言うと瑛庚《エイコウ》様は薇喩《ビユ》様からの返事を待たずに、颯爽《さつそう》と厩舎から馬を走らせた。

それは禁軍の演習場を駆け抜ける馬の足音だったが、とても軽やかでまるで草原の海を走っているかのようだった。

終章　花さそふ嵐の後宮

「絶対、今日ですよ。本当にいいんですか⁉」

林杏《リンシン》は、宮から出ようとする私の袖を引いて、考え直せと叫んだ。

「依依《イーイー》もそう思うでしょ？」

「まぁ、陛下が宮女を含め、後宮の人間を一堂に集めるなんて、これまでありませんからね」

珍しく依依《イーイー》も林杏《リンシン》の意見に賛成らしい。

「絶対、そんな宮女服で行ったら逆に目立ちますよ！」

そう言って林杏《リンシン》は私の着物の袖を強く引っ張る。数刻前から宮女服で行く、行かないという論争を繰り返しているのだ。

「でも……、かといって宮女の間に並ぶのに蓮香様だけ違う着物を着られる……というのも問題ですよね」

依依《イーイー》は、悩まし気にうーんっと頷く。

「頭がおかしくなったと思って、そもそも大広間に入れてもらえないわよ」

私は袖を引く林杏《リンシン》の手を払い、素早く廊下へと逃げ出す。

「さすがの耀世《ヨウセイ》様も後宮の人間、全員の前で『皇后にする』なんて馬鹿なこと宣言するわけないでしょ」

依依《イーイー》は林杏をなだめるようにそう言うと、慌てて廊下を歩く私に駆け寄り手を引いてくれた。

「蓮香様を皇后に任命する以外に、後宮の住人を全員集めて何するんですか⁉」

「林杏《リンシン》、声が大きい！」

私は慌てて林杏《リンシン》の口元を押さえる。それこそ誰かに聞かれたら一大事だ。

「大丈夫よ。帯はまだできていないもの」

私は自信満々にそう宣言する。

皇后になるには、私が織り上げた帯が一本必要になる。だが先月はトクトア様に一本、薇喩《ビユ》様の誕生日祝いに一本織ったきりだ。

「もー、蓮香様って自分のことになると本当に適当ですよね！」

林杏《リンシン》は諦めたように大きくため息をつくと、「せっかく準備した着物着れると思ったのに」と私の背後で小さく呟いた。何でも私が皇后に即位することを見越し、勝手に新しい着物を作ったらしい。どうやら彼女は私が『どんな着物を着るか』ではなく、『自分がどんな着物を着られるか』の方が重要だったのだろう。

だが私が皇后になったとしても、林杏《リンシン》が好きな着物を着られるようになるわけではない。皇后付きの宮女は確かに普通の宮女とは異なる着物を着ているが、全員が揃いの着物を着なければいけないのだ。

林杏《リンシン》が嬉々として用意した着物はおそらく無駄になるに違いない。しかしそれを伝え、これ以上彼女を興奮させてはいけないと私はあえて聞こえなかったふりをすることにした。


大広間は非常に広い。千人以上が参加する大宴会などが開催される場所でもあるが、その日は所せましと人が集まっていた。従五品の宮女でしかない私達は、耀世《ヨウセイ》様が座るであろう玉座からかなり離れた場所で待つように指示された。

「本当に突然だから嫌になっちゃうわよね」

私達を誘導してくれた尚儀局の宮女が名簿を抱えながら小さくため息をついた音が少し離れた場所から聞こえてきた。

「本当に全員集めなきゃ駄目なの？」

彼女の隣にいた宮女は、名簿を覗《のぞ》き込みながらそう言った。

「駄目みたいよ。従六品の見習い宮女も集めるようにって」

「何があるんだろうね」

「重大な発表がある――としか聞いてないわ」

宮女は苛立ったようにそう言うと、名簿に何かを書き込む。式典などを取り仕切る尚儀局の彼女達にとって『何が起こるか分からない』というのは、精神的に悪いものなのだろう。

「いひひひ、あの子達、絶対ビックリしますよ」

林杏《リンシン》は意地悪そうな声で私に、そう囁く。もう止めるのが面倒になり私は小さく「林杏《リンシン》」とだけ、たしなめる。

「そこ！　静かに陛下がもう直《すぐ》いらっしゃいます！」

案の定、林杏《リンシン》に気付いた宮女が厳しく林杏《リンシン》を責め立てる。彼女達の苛立ちをぶつけられることになった林杏《リンシン》は悔しそうに、くそぉーと唸った。

「でも長かったですよね」

林杏《リンシン》は今度はかなり注意を払って、声を落とす。

私は思わず「え？」と聞き返す。

「蓮香様が後宮に入ってから、皇后になるまでですよ。本当に長かった……」

「そういえば後宮に入ってからずっと一緒にいてくれたわね」

後宮に入った時、私付きの宮女としてあてがわれたのが林杏《リンシン》だった。最初は自分に付き人がいることに感動していたが、少しして林杏《リンシン》の仕事ぶりをみるうちに、尚儀局からの単なるいやがらせだったのではないかと思うようになったが……。

「分かってます？　私が勇気を出して陛下にお願いしたから、今があるんですよ？」

頼んでないわよ、と言いかけ私は「ありがとう」と言い換える。

確かに陛下に「褒美として蓮香様のところに渡ってきて欲しい」と彼女が言わなければ、耀世《ヨウセイ》様と今のような関係もなかっただろう。

「皇后付きの宮女頭、よろしくお願いしますね」

その言葉にしんみりとしていた気持ちが一瞬にして、どこかへ飛んでいくのを感じる。

「林杏《リンシン》じゃ、無理でしょ」

「何でですか！　こんな功労者に向かって！」

「そこ！！！　本当に追い出すわよ‼」

金切り声に近い叱責が大広間に響き渡った瞬間、大きな銅鑼《ドラ》をたたく音と共に、数十人の宮女を連れた耀世《ヨウセイ》様が大広間へ入ってくる音が聞こえてきた。

「今日は話したいことがある」

玉座に座った耀世《ヨウセイ》様は、ゆっくりと言葉を選びながら語り始めた。

「私の伴侶は非常に多い。皇后の薇喩《ビユ》を始め、后妃だけでなく後宮の宮女もまた私の伴侶といわれている」

后妃は勿論だが、宮女もまた皇帝の所有物なのだ。だから皇帝が望めば宮女を后妃として召し上げることも可能である。当初は私も后妃にさせられるところだった。

「それは皇帝として、この国が平穏であり続けるための責務だとは分かっている」

私は耀世《ヨウセイ》様の言葉に深く頷く。決して皇帝が好色というわけではない――勿論、中には積極的に後宮での生活を楽しんでいる皇帝もいただろうが。

子孫を残すことにより安定的に皇位を継承させられれば、戦の機会を減らすことができるのだ。

「だが――」

逆接の接続詞が置かれたことに私は焦りを感じ始める。まさか……林杏《リンシン》達が想像していたように『ここ』で発表するというのだろうか。そんなことをすれば、大変なことになるのは耀世《ヨウセイ》様が一番分かっているはずだ。

「私は一人の女性だけを愛したいと思っている」

その言葉に広間にいた后妃達は驚愕の声を上げる。どこか喜々とした声が混じるのは、その一人が『自分』という可能性を期待しているのだろう。

だが、その言葉は私を絶望の中に突き落としたような気がした。

確かにいつかは発表しなければいけないことだが、発表する前には根回しが必要なのだ。各后妃や宮女をまとめる局長らにも話を通し、ようやく発表されるべきではないのだろうか……。

「そのため今年の『選秀女《せんしゅうじょ》』は行わないこととする」

耀世《ヨウセイ》様の言葉に再び広間がザワザワと騒がしくなる。

『選秀女』は三年に一度開催される后妃を選ぶための試験だ。現在空位である后妃の座を埋めるために三年に一度開催されているのだが、これを行わないということは現状より后妃が増えないということになるだろう。

耀世《ヨウセイ》様は、再び何かを考えるように言葉を切った。おそらくこの先、言わなければいけない言葉を言っていいものか悩んでいるのだろう。

お願いだから……、私は心の中で静かに、この想いが耀世《ヨウセイ》様へ届くように祈った。

みんなの前で言わなくてもちゃんと耀世《ヨウセイ》様の気持ちは分かっている。

ちゃんと私だけを見てくれていることも、私を何より大切にしてくれていることも。

だからお願いだから、この場で発表するのだけは止めて……。

「皇帝の名において、汜蓮香を皇后とする！」

だが私の願いは空しく、彼に届くことはなかった。

大広間に響き渡った耀世《ヨウセイ》様の声に私は小さくため息をつくことしかできなかった。

参考文献

林俊雄（2017）『スキタイと匈奴　遊牧民の文明（興亡の世界史）』講談社
梅棹忠夫（1976）『狩猟と遊牧民の世界』講談社
佐藤洋一郎（2016）『食の人類史』中央公論新社
古松崇志（2020）『草原の制覇　大モンゴルまで』岩波新書
宮脇淳子（2002）『モンゴルの歴史―遊牧民の誕生からモンゴル国まで』刀水書房
金岡秀郎（2000）『モンゴルを知るための60章』明石書店
田中克彦（1992）『モンゴル　民族と自由』岩波書店
宇野伸浩（2002）「『集史』の構成における「オグズ・カン説話」の意味」『東洋史研究』61巻・東洋史研究會
五十嵐富夫（1989）『駈込寺　女人救済の尼寺』塙書房
林巳奈夫（1992）『中国古代の生活史』吉川弘文館

・この物語はフィクションです。
実在の人物、団体などには一切関係ありません。

双葉文庫

こ-31-03

盲目《もうもく》の織姫《おりひめ》は後宮《こうきゅう》で皇帝《こうてい》との恋《こい》を紡《つむ》ぐ❸

2021年2月13日　第1刷発行

【著者】
小早川真寛《こばやかわまひろ》

【発行者】
島野浩二
【発行所】
株式会社双葉社
〒162-8540 東京都新宿区東五軒町3番28号
［電話］03-5261-4818（営業）　03-5261-4851（編集）
www.futabasha.co.jp（双葉社の書籍・コミックが買えます）
【印刷所】
中央精版印刷株式会社
【製本所】
中央精版印刷株式会社

【フォーマット・デザイン】
日下潤一

ISBN978-4-575-52449-9 C0193
Printed in Japan